JN126261

幻想の女たちへ

藤井徹

新幹社

——辰巳四郎に

『幻想の女たちへ』――目　次

銃声を聞いた

——少年は永遠に弾丸を孕む

五十数日にわたって、雨も雪も降らぬ日が続いている東京の、都心の午後だ。有楽町にほど近い大通りの雑踏のなかを、ぼくは決して流れにさからわぬように、誰からも特別の関心をはらわれないように、細心の注意をしながらゆっくりと歩いていた。

道路は、車道と歩道に、画然と区別されていた。そして、車道を歩くひとかげはひとつとしてなく、歩道を走っていく車は一台もなかった。人々は例外なく歩道の人ごみのなかにあり、人間をのせた自動車は整然と車道につらなっていた。

これは、推測するほかはないのだが、きのうのこの通りの情景も、まったくこれと同様のものであったのではないだろうか。

ぼくが、それと気取られないように心をくばりながら観察したかぎりでは、歩道上のどの人にとっても、そんなことは考えたり推測したりすることさえ思いもよらぬほど当然のことであるようだった。

きょうがきのうの延長であるのはもとより、きのうがきょうの延長であったっておかしいことなどありはしない……。そんな錯覚をさえいだかされてしまう情景なのであった。

そして、あす。

しかし、もちろんぼくだって彼らと同様の〝考え〟と〝希望〟と〝確信〟とを持っていることを、疑われるようなヘマな動作や表情など見せはしない。

だとすれば逆に……。

そう思うとぼくはもう黙ってなどいられなくなり、並んで歩いていた、どのような群れにはいってももっとも目立たぬ人間になってしまいそうな男に話しかけようとした。実に板についた演技ですね、というような、賞賛の気持ちさえこめて。

ぼくは、ひるさがりの、この車道のアスファルトの感触を知っているんです。もちろんあなたもご存知なのでしょうが。あの、思いのほか清潔で、ほんのりとしたあたたかさがあって、両手両足をひろげて腹ばいになって頰をつけて眠りこみたくなるような、午後の車道のアスファルトの感触が、ぼくの手のひらと尻にまだ残っているんです。

しかし、そんなことをいうのが命とりになることは目に見えていることだ。ぼくはかろうじて思いとどまり、かわりにこう言った。

「ねえ、あなたもきっと待っているんでしょう。こうやってぎりぎり耐えながら待機しているんでしょう、ねえ」

男が、目だけを一瞬ぼくのほうにたまらなく迷惑そうに向けたと思うと急いで人ごみに消えさったことが、ぼくの内臓を一撃した。

ぼくが〝ぎりぎり耐えながら待機〟しているどころか、そのことばを単なることばとして、満ち足りた気持ちで得意げに口にしていたのは疑う余地がなかった。

□

その一瞬の衝撃の空白の時間に、ぼくはただ一発の鋭い銃声を聞いたのだ。

その銃声は雑踏が孤絶した寡黙な人間の集合に過ぎないことを知らせた。

歩道の流れはよどみ、渦巻き、逆流し、車道もクラクションとブレーキの音が交錯して、大規模なパニックが起ころうとしているかに見えた。

ぼくは全力で走り出していた。

しかし、五、六歩走るともう、ひとびとは平静で、パニックなど千兆光年も遠くのことのような顔で流体運動をつづけているのだ。

パニックは起こらないのか。すべてのひとが、たしかに銃声を聞いたのではなかったのか。それとも、パニックの前兆とも見えたあの混乱は、ほんのささいな交通渋滞だったのか。

ぼくは考えながらも、ひじを肩より高くあげ、両腕を力いっぱい振りながら加速度を増して疾走した。そうせざるをえなかった。止まるわけにはいかなかった。銃声をたしかに聞いたのだ。

しかし……とぼくは反問した。おれはほんとうに銃声を聞いたのだろうか。あれは幻聴ではなかったのか。

もしそうでないにしろ、生まれてこのかた十九年近く、おれは銃声を直接この耳で聞いたことはおそらくないのだ。そのおれに、あれがほんとうの銃声であったかどうか、どうしてわかるのだ。

□

反問をくりかえしながら走り続けていたぼくはふと、腹のなかに銃弾をぶちこまれているらしいということに気づいた。と、それはまぎれもない現実になった。

外傷もなく、一滴の血も流れないのに、皮膚をつきやぶり、肉をまきこみながら燃える銃弾は内臓に到達して、あった。しかも、その銃弾が、わずかずつながら、確実に成長しつづけているようなのだった。

銃弾を身ごもったぼくは、静止することが不可能になってしまったように感ぜられた。走り続けなければ死だ。胎内の鉄塊の成長の速さを追いこすほどの速さで走り続けなければならないのだ。しかも、男であるぼくにとって、胎内とはそのまま体内なのだ、なんの限定もなしに。

このことだったのか。〝ガトフ・フセグダア〟――あの心やさしい巨人が言っていたという〝常に用意せよ〟というのは。学習せよとか、組織せよとか、武器をみがけとか、そういうことばかりおれは考えていたが、あの男はせいいっぱいのやさしさで、なによりもまず、この銃弾のことを教えようとしたのではなかったろうか。胎内の、成長し続ける……。

だれが、どこから、何を狙って発射したのかまったく分からず、したがってぼくの疾走は、敵へ向かっているのか、味方の方へなのか、突撃であるのか、逃走であるのか、皆目見当もつかぬまま、続けられなければならない。

ぼくのあげる叫び声は吶喊とはなりえず、早すぎた、こんなはずじゃなかったんだ、おれは何も用意できていなかったんだ、早すぎたんだ、というぶざまな泣き声でしかありえない。しかも銃弾は泣き声などきかず、ますます確実に成長し、永遠に分娩されることはないだろう。

ぼくは時間よりも速く走りたい。あるいは、この世界のどの一点にも存在しないほどの速さで。胎児に駆りたてられるようにぼくは走る。泣きわめきながら。

パニックは起こらず、路上の情景は変貌するようすを見せない。

きのうときょう……。

そして、あす。

海居非時子の門出

——たおやかに女は反逆する

周囲のすべての人々から祝福を受けて誕生し、育っていった子供が、いつかその祝福が届かぬ、いわば影の領域を次第に増大させつつ負うようになる。彼女あるいは彼自身が負うしかないその領域はしたたかに人生の苦い味わいを味わわせるのだ。

あまたの人々から熱い共感と同情を以て、その影の領域へと手を差延られ、ともに背負おうと呼びかけられる幸福な人間も少なくはない。しかし、その領域のすべてを他者に背負ってもらうことはできない。いや、その核心は必ずや本人自身、彼女あるいは彼自身が負うしかないのである。

黄昏だった。ものにはみな影がなくて、正常な人間でも何となく異様な気分になってしまいそうな、あのころおいだった。

海居非時子（うみおりひじこ）はひとり、小学校の黄色い校庭で、鉄棒の逆上りの練習をしていた。季節は晩秋でかなり寒く、「みんなおうちへ帰りましょう」の放送のあとだったので、その黄色い校庭に人影はなかった。

非時子は来年幼稚園に上るのだ。

彼女の家の二階からは校庭が見渡せたので「帰りましょう」の後で遊んでいてもとがめられない習慣だった。

非時子は低鉄棒で十回逆上りを終えたところだった。前髪が額に貼りついて、息が上がっていた。鉄棒に止ったたままで、スカートのポケットから白いハンカチを出して汗を拭うのに少し手間どった。彼女の同年の女の子たちは、イラストや漫画のキャラクターを描いた派手なハンカチを皆持っているものだ。非時子はそれをいやがって、いつも白いハンカチを持っていた。従姉や叔母たちがくれた可愛い華やかなハンカチは整理箪笥にしまわれたままだった。

その白いハンカチで、額と首筋を拭いた。そのときはじめて、彼女は空気が冷たいことを覚えた。

電線に止る燕のように低鉄棒の上に止った非時子の、スカートの下の青と緑の縞の毛糸のパンツが黄色い光景の中で妙に立体的で、鮮かだった。

彼女は、後方に三人の少年が近づいてきたことに気付いていなかった。ひとりはひときわ背が高かったが、猫背で、表情も乏しく、両手は引力に逆らうことなどできないというようにだらりと下っていた。

小さなふたりの少年が、大きい猫背の少年に何かそそのかす風だった。大きい少年は——そう、背丈からは六年生か、ひょっとすると中学一年生ぐらいに思われたけれども——さかんにいやいやをしていたが、だんだんと小さな二人に説得されているようだった。何が話されていたのかはすぐにわかることだが、三人の話合はみるからに〈謀略〉のさまを呈していることだけはまちがいなかった。

大きな少年は、唇さえも引力に抗しえないといった塩梅に下に垂れていた。眼もまた焦点定まらぬげにとろんとして単に前方のどこかを見ているということしか了解できなかったから、その風貌全体から一般の人が受ける印象は〈阿呆〉というほかなかった。

ところが、〈謀略〉の会談の後の彼の行動は素早かった。低鉄棒につながる中鉄棒、高鉄棒——そこで〈謀略〉はきめられた。その高鉄棒の下から、するすると音もなく、まさに黄昏の黄色の調和を破ることなく、少し迂回しながら大きい少年は彼女の後方二メートルほどに近づいた。彼は立止った。その両眼は今や狂おしく非時子の尻の辺りに吸いよせられているのだった。

汗を拭い終えた彼女は低鉄棒に止ってうっとりした表情をしていた。人並以上に大きな眼はかすかにうるんでいた。そろそろその静的な黄色の情景を闇が侵し始めようとするころおいだった。

つつっと少年は彼女の背後に駆寄り、大きな左手で彼女の腰を鉄棒に押しつけるようにしながら右手で紺のスカートをぱっとめくり上げ、毛糸のパンツを膝近くまで下してしまった。一瞬のことだった。

彼女は、脚が自由にならなくなってしまったので、すぐ跳び下りることができなかった。何が起ったかを了解するのに少しの間があった。ぴったり彼女の後に立った彼は、低鉄棒の上の彼女より頭ひとつ高かった。首を捩った彼女の眼にまず映ったのは彼のジャンパーの胸の縫いとりで、それはテレビ漫画のキャラクターを一筆描にしたものだったが、それですぐさま非時子には、彼が誰であるかがわかったのである。彼はなおズロースのゴムに手をかけていた。

彼は桐野吾一といって、この近くの大きな桐野クリーニング店の次男坊であった。彼は実は小学校三年生で、この小学校の普通クラスに属していたが、授業に出なくても授業中に遊んでいようが悪戯をしようが、とがめられない特権を有している。悪戯といっても彼のは他愛のないもので、特定の女の子の教科書を男の子のものと取替えておいたり、女の子が体育のときにつけるはちまきを自分の机の中にためこんだりするのだったから、すぐにばれて哄笑の的になるだけのことなのだ。しかし、小学校三年生の男の子の悪戯としては、はっきりひとつの傾向を有していることも否定はできないのだ。

不幸にもここに、その傾向が尖鋭な形をとって実現していた。

彼女は右手を鉄棒から離して自分のズロースのゴムにかかった吾一の右手を握りざま思いきって吾一の体に自分の身体を預けるように後方へ跳び下りた。右手は離さないでいた。吾一はよろけ、かえってズロースは下げられた、わずかだが。

彼女の顔は紅潮していた。吾一の手をねじ上げるように握ったまま、毛糸のパンツを左手で引っ張り上げようとしてうまくいかず、大きな眼を無表情とも思えるほどに見開いて、吾一の右手の小指に嚙みついた。二人の小さな少年たちは今、すぐ後方にいて呆然として直立する二本の杭だった。

——痛いよう、ごめんよう。小田原と横井がやれといったんだ、おれ、いやだっていったのにさあ。

彼女は脚もとが覚束なかったが、もともと力が強かった。そして、幼稚園に入る前に逆上がりができるぐらいだったから運動神経も群を抜いていた。よろけながらも、きつく嚙みしめた吾一の右小指を離してやろうなどとは思いもしない。吾一の「ごめんよう」が甲高くなるとともに、かえって間遠くなって行くのだ。二本の杭は身じろぎもしなかった。吾一が叫ぶとおり、そそのかしたのは小田原宏司と横井泰雄にほかならない。そのことは三人が一番よく知っているが、こんな大事にならないままに、小学校三年生の隠微な欲望は満たされて、その場かぎりにすんでしまうと彼ら——主にふたりの杭は甘い誤算をしていたのである。

——うそだよう、おれたちはなんにも言わないよう。と空々しい言訳をどちらかがすればどちらかが唱和しようと待ち構えてもいながら、二人の舌もまた金縛の状態だった。

吾一が非時子の背中といわず頭といわず叩きつづけるのだが、力が入らない。一点に集中した非時子の力を弱めるどころか、ますます渾身の力を集めさせるにすぎない。

吾一の右小指というべきか、非時子の口からというべきか、血が滴り始める。運動場の白っぽい土の上に点々と赤黒い染がついていく。その時、閲兵中の兵卒のようでもあった二本の杭は、二人の少年少女の凄惨な姿から眼をそらす対象ができたことにかすかな安堵を覚えるようですらあったのだ。

——非時子は執念深い。と父方の祖父母がいつも嘆いたように、この時彼女は執念凝って固まっていささかの雑念もなく上下の歯をきつくきつく噛みしめることのみに集中していた。眼もすわり、もともと胡座を書いた鼻はふくらんでもの凄い表情だった。五歳の女の子のものとは信じられなかったのである。

この場に無責任な大人や判断力の不充分な小学生が行き合せなかったのは、誤解を恐れずに言えば不幸中の幸だったといえよう。まさにいま不幸の結末が目の前に赤黒い口を開けていた。だが、少年少女の心を不必要に捩じまげる浅知恵がこの場にしゃしゃり出てこなかったのは、ほんとうによかったのだ。

三人の少年にとっては気の遠くなるほど長い時間だった。吾一は痛みさえ忘れる時間があった。その顔は涙と鼻水でぐしゃぐしゃになっている。右手は噛みつかれ、左手は今や力なく、見ようによっては彼女をなだめるようにその背を叩いていて、涙を拭う余裕すらなかった。

ものの五分とかからなかったはずである。まだ、跳びはねない黄色い光はあたりに充ちていた。わずかに紺色の雲が漂いはじめていた。ぐぎっという鈍い音とともに、突然非時子と吾一は突き放し合うように離れて、倒れた。吾一はうつ伏せに、右小指を口に含んで両脚を腹のほうに巻きこむようにして肩で息をしていた。非時子はズロースと毛糸のパンツを整えて立上がる。むしろ無表情だ。

立ち上がりざま、吾一の方に向けて長さ二センチほどの血の塊を吐き出した。信じられないことだったが、彼女は吾一の小指の先を嚙み切ったのである。血だらけの口を、彼女はブラウスの袖口でぬぐった。

小田原少年と横井少年はこのときようやく泣き出した。しゃくり上げしゃくり上げ泣いた。

彼女は、何も悪いことはしなかったという確信があるように、腰に手を当てて佇んでいた。吾一はうつぶせのままだった。

二人の小学三年生に戻った杭は、ひとしきり泣いたあと顔を見合せると、桐野クリーニング店にむけていっさんに駆けていった。

非時子の母初穂は床の間に花を活けていた。そんな仕事がよく似合うと誰にも誉められた。彼女はそんなことで誉められたくはなかったが、家事をまめまめしくとりしきるように自然に身体が動いてしまう。楚々とした美人ともよく言われた。そのあとにくるのは、――非時子ちゃんもお母さんに似ればねえ。だった。何よりそのことばを彼女は辛く思ったが、人に反撥してはいけないという両親の教育はすでに彼女の全身を侵していて、今さら変身しようという意欲は湧いてこないのである。初穂はひそかに、非時子は私のような誰にでも誉められるどうでもいい女にはなってほしくないという気持があった。それは、両親にも、夫にも、ほのめかしさえしない心中なのだ。むしろ、非時子こそがそれとなく気（け）取っているのかも知れないと思われる。

ちょうど花を活け終わるころ非時子は帰ってきた。普段なら子供部屋に入るのである。玄関から床の間のある客間へ――母のもとへ、まっすぐやってきたことで、初穂は何かあったと直感した。ブラウスの右袖と胸の血痕はいや応なく眼にとびこんだ。初穂は落着けと自分に言聴かせた。

――けがをしたの。

非時子は大きく首を横に振った。

――そう、それはよかった。外で着ていた服、換えましょうね。お風呂に入るといいわね。今から湧かすから。

――吾一ちゃんが私のパンツ脱がせたの。

初穂は青くなった。だが、ここで取乱しては娘を興奮させるだけだろう。落着け、とまた自分に言った。

――毛糸のパンツ。

――うん。私、吾一ちゃんの指、思い切り噛んでやった。

――まあ。

――あのね、私、吾一ちゃんの小指噛み切った。

――あら、それは困った。ほんとうに。

――うん。がぎって音がして、口の中に指先が残ったの。

起ってほしくないことが起った。当惑という以上のショックだった。「知恵遅れ」ということで、吾一はとにかく表面上は町の人々から普通以上に大切にされている。その子が変な悪戯をしようとしたというのが、一番あってほしくない出来事だった。「やっぱりあの子は知恵遅れだからね、気をつけなきゃいけないよ」という声が薄い善意の膜をつき破って本音として露呈してくることが怖い。そしてこれは、立派に傷害事件だ。桐野は警察に通報するだろう。

初穂は短い時間のうちに（それは、すぐに吾一の父の桐野クリーニング店主がどなりこんできたのであったから）考えをまとめた。

ふたつの思いが同時に来た。男の子が「精薄」だからそんなことをしたなどというような風評が立つことがあっては絶対にならないということ。もうひとつは非時子を叱るまい誰にも叱らせまいということ。まことに困難な決意だった。矛盾しているとは言わせまいとともまた思う。

——奥さん、私はね、警察に通報したりはしませんよ、決めました。ぐっとこらえてねえ、小さい子のしたことだ。何をやったかわかってないんでしょう。私ね、軍隊で看護兵でしたから、ちょっと手荒いけど、自分で治療してやりました。切れた指先は見つかりませんでしたよ。犬でもくわえていったんだろう。私はね、ただ吾一が不憫なんだ。ひと皮めくれば「あの精薄が」ってみんなが思ってる。非時子ちゃんもそんな気であいつの指を噛み切ったんだろう。え、そうでしょう。あいつはトロいからねえ。金や物をくれとはいいません。決して申しません。そんなもの、そんなもの。あんた精薄の子の親の気持が判るか、吾一は一生精薄のレッテルをしょって生きていくんですよ、それが指まで詰められて、不憫だ、不憫です。

——ほんとうに、ほんとうにおっしゃる通りです。わたくし、出来ることなら何でもさせていただきます。ただ……

——ただ。

——非時子もきょうのことでは深く傷ついたと思います。ふだんから非時子も吾一ちゃんも、薬屋の省太さんのグループで仲よく遊んでもらっていますから。

酒田省太も知恵遅れで、なんとか小学校を卒業したあとは、ふらふらと遊んでいる。ただ、木登りや虫取りや、遊びにかけては優れたものを持っているので、二十歳の今、近所の子供たちの遊びのリーダー格となって、親たちに信頼もされていた。

——傷ついたって、たかがパンツにさわっただけじゃないか。大げさな。

——パンツを脱がされたんです。毛糸のパンツを膝まで下ろされて、ズロースも少し脱がされかかったんです。私は……どうお詫びしていいかわかりませんけど、でも、非時子を叱ることはできません。それだけは、私にできることではありません。

——ほう、あいつそこまでやったのか。叱ります。今、子供部屋で寝ているから、明日にでもビシッと叱ります。でもねえ、奥さんあいつは一生右の小指なしで生きて行く、やり切れないねえ、言うだけ言わせて下さい。やり切れない、持って行き場がないんだ。奥さんはよく出来た人だ、人格者だ、だから、聞いて下さいよ。吾一が不憫だからねえ、わたしら両親が死んだら、まあ何とか兄貴が面倒を見るだろうけれど、どこまで続くか。結婚だって弟のせいでむつかしいだろう。奥さん、一銭の金も要求しないよ、そんなこっちゃない、もっと大事な、大切な何かですよ。

——そうですね。どうぞ、おっしゃって下さい。思っておられることをみんなおっしゃって下さい、私、うかがいますわ。お茶淹れてきましょうね。

——逃げるな。いや、その、そんなつもりで言ったんじゃないです。どうぞここにいて下さい。聞いて下さい。私も〈手をつなぐ会〉の世話人です。障害児たちの悪さの後始末も数え切れないほどして来た。だいたい、この街の精薄や障害の子供たちは、健康な子とうまくやっている方です。

——そうですね、省太さんがいてくれて、非時子も吾一ちゃんも仲良く元気に遊んでいますものね。ときどき危いこともしてますけれど、省太さん心得ていますものね。

——省太はまだいいんだ。あれはね、薬の箱の積み下ろしくらいはやらせればできるんですよ。それに子供たちの遊びのリーダーになっているからね、地域での役割を果しているっていうことですよ。吾一はどうしようもない。治る病気じゃないんです。不憫だ、不憫です。そのうえに、小指まで無くなっちまって、ねえ。私は警察にも通報しなかった。病院にも連れていかなかった。二人の子にもしっかり口封じをしました。金も物もいりません。さて、そこで、奥さん、どうしたもんでしょうなあ。私の気持がねえ、どうにも納まらないんで。どうすればいいんでしょうなあ。吾一にも、心がありますよ。私にも心があります。落ち着きどころがないんですよ、心のねえ。なんとかしてくれられるのは奥さんだけだと思うんだが。ご主人は、まあ、あのご主人ではねえ。

——おっしゃるとおりですわ。おふたりのそしてお兄ちゃんと奥様の心が落ち着くことがなにより。そして非時子にも心がありますから。吾一ちゃんと非時子が心から許し合えることが一番大切なんですわ。

——それで済むんだろうか。

——済むと思います。心の底から許しあえれば。そしてこれまでどおり、屈託なくいっしょに遊び回ることができれば、それで言うことはないと思います。ふたりとも心の傷をかかえてはいくでしょう。でも、そのことで一層他人に優しくなれるのではないかと思います。その傷にまでは私たちの手は届かないように思われてなりませんわ。

――そういうもんですかなあ。そういうもんですかなあ。奥さん、私にはなんだかきれいごとすぎるように思えるんですがねえ。わからんな、私にはどうも、よくわからないことばかりだなあ。

手取り早く風呂と夕食の用意をした初穂は非時子だけ先に済まさせた。――吾一ちゃんと吾一ちゃんのご両親の悲しみを忘れないでね、とだけ静かにさとして、叱らなかった。深夜に夫の征雄が酒気を帯びて帰ってきたので、初穂はこの日の事件を話すことがためらわれたが、事件と、桐野とのやりとりをかいつまんで報告した。

征雄は激怒した。何に激怒したか。初穂がいい子ぶって桐野をまるめこんだといって怒ったのである。初穂はすすんで撲られた。撲られながら、気の荒い桐野がよく暴れなかったと思う。桐野のとまどいも深いのだ。ただ、桐野の想像力が非時子の心の傷にまでは及んでいないことに改めて思いを至すのであった。

子供部屋に駆け入ろうとする征雄を、体を張ってとどめた。また撲られた。征雄が普段から粗暴なのでは決してない。動顛したのである。初穂の冷静さが憎らしくもあったようだ。

茶漬けを食わせた。

鮭とタラコを焼いて二杯食わせた。

そして、非時子が何をされたかについて改めて話した。

彼女を叱ることだけはしないでくれと頼んだ。それは無意味なことだということが征雄にはわかってもらえればと初穂は思う。

自分だけいい子になって、という非難は甘んじて受ける。しょせんは、自分はそんないやな女でしかないのだ。だから非時子には自分に似てほしくない。世間や両方の親たちが言うような——非時子ちゃんがお母さん似なら、などはとんでもないこと。せめていやなことはいやと言えるような子に、とそればかりを心がけて今日まで育てた。その結果がきょうの事件であるのなら、撃たれるのは私であっていい。だれにでもほめられるどうでもいい女は私たちで終りにしたい。私たちは戦後の男女共学の早い時期に学校生活をすごしたが、本当の平等はなかったように思われてならない。良妻賢母という美徳は戦後教育の中でも揺るがなかったのではないか。そうでなければこんなつまらない自分が世間からほめそやされる理由はないのだ。

初穂が寝ついたのは、夜更けというよりは明方に近かった。

どんなに夜遅く寝についても、朝はきちんと起きて台所に立つのは初穂の習性だった。この日は征雄の方が早く起きていた。勤めを休んで桐野に詫びに行くというので、初穂は強く押しとどめはしなかった。ただ、夫婦揃ってというのを断った。征雄は昨夜の話からも、この一件ではいつもの初穂らしくないと思っていた。こんなときにまず相手方に駆けつけるのが普段の初穂である。

こうやって自分の言い分を押し通したのはあとにも先にも非時子の名づけの時だけだったと征雄は思い返す。

女の子が生まれると、征雄の父が大乗り気で名づけ親を買って出て、姓名判断もした上で、女の子らしい可愛い名前を三つほど用意したのだが、この時ばかりは初穂は頑として私に名付けさせて下さいと言ったのだ。

初穂が示した名前が非時子という奇妙な名前だったので親族は当惑した。名付けの理由を尋ねても、はかばかしいことを言わないのである。ただ、ぜひぜひというばかりだったのだ。この決着は、征雄が、初めての女の子でもあり、うまく言葉にできないほどのわけがあるのだろうと両方の親を説得して押し切った。このときほどに征雄が初穂の肩を持ってくれたことはなかった。むしろ征雄は、妻に対しては暴君——腕力こそめったにふるわないが——であり、それゆえにこそ人々の同情は初穂に集ったのである。

小春日和だった。

征雄は桐野クリーニング店が開く前に挨拶に行ってきた。桐野は改めて、事を世間沙汰にしないことを誓った上で、何度も小首を傾げて、どうも心が納まるところに納まらないときのうのように繰り返していたという。

初穂は警察にも通報せず一切を伏せるという決断を桐野がしてくれたことに感謝の心を抱いている。それは吾一にとっても最善の選択なのだ。吾一のつまらない悪戯の多くが、抗し切れない性の力に起因していることに大人たちの多くは気付いている。

この事件の全体が明るみに出れば、吾一は要注意になって自由に遊びまわれなくなるだろう。初穂はこれまで通り、非時子を省太のグループで吾一といっしょに遊ばせるつもりだ。桐野にもそうしてほしい。初めはぎくしゃくするだろうが、これまでと同じようにふたりが遊びまわれるようになったとき、彼らにゆっくりと癒しがやってくると思う。

――非時子、お父さんと散歩するか。外の方があったかいぞ。

――うん、行く。

いつになく素直だった。

――非時子、おもちゃ屋へ行こうか。

――ううん、いい。林に行く。

――いつもの林か、木登りするか。

――……。

――木登りは省太くんたちとするか。もう来てるかもしれないな。

暖かいので征雄は下駄をつっかけた。その時うかつにも初めて征雄は非時子が長ズボンをはいているのに気づいた。彼女が求めたのだろうか。わからないな。ただ、初穂があの事件のあとだからというのでスカートを着けさせなかったとは思えないふしがあったのだ。

ウイークデーに会社を休んで、と思うと、下駄の音がやけに高く鳴り響く。林に行くには桐野クリーニング店の前を通らなくてもいいのが助かった。ただ、酒田薬局の前を通らねばならない。彼女は省太と屈託なく話ができるだろうか。かくし事をその幼い胸に抱くことになるのである。

――非時子、かえりにここでラーメン食べようか。

――ラーメン、いらない。

いつも祖父母が愛嬌のない子だと嘆くのである。女の子らしい小物を与えても、ふんぱつしてフリルのついたツーピースを買ってやっても、うつ向き加減にただひとこと、――ありがとう。それだけそれだけ。――おやじたちの気持はもっともなところがあるな、だけど非時子は正直だ、これはまちがいない。

――お父さん。

――なんだい。

――吾一ちゃん、お家にいた。

――出てこなかったけどいたよ。部屋で寝てるそうだ。きょうは一日寝かしておくっておじさん言ってたよ。

――吾一ちゃん、かわいそ。

――そうだな。

――でも、わたし、あやまれない。あやまる気持にならない。

――そうか。

郵便はがき

お手数ですが切手を貼ってください。

101-0061

東京都千代田区
神田三崎町3・3・3
太陽ビル301

新幹社 編集部行

●姓名（フリガナ） ●年齢 ●性別
歳 男・女

●住所 ●郵便番号

●職業 ❶公務員 ❷会社員（事） ❸会社員（技） ❹商店勤務 ❺農・漁業 ❻教職関係 ❼自由業（医師・弁護士など） ❽自家営業 ❾学生 ❿主婦 ⓫無職 ⓬その他［ ］

●購入書店名

新幹社
愛読者カード

●書名をお書き下さい［　　］

●本書のご感想や、ご希望など……

●これからの出版について、ご希望のテーマなど……

●本書を何によって知りましたか？

❶書店の店頭で
❷新聞・雑誌の広告などで
紙名、誌名をお書きください［　　］
❸書評で
紙名・誌名をお書きください［　　］
❹その他［　　］

●今後、このカードで出版御案内させていただきます。

——でも、いつかあやまるかもしれない。それしか、わかんない。いまはわかんない。

——そうか、いいよ、それで。

——お父さんは、吾一ちゃんもわたしにあやまった方がいいと思う。

——そうだな、吾一ちゃんもあやまらなきゃいけないことはあるな。

——どっちが先。

——どっちが先ということじゃあないと思うけど。

——わたしもそう思う。吾一ちゃんも、今はあやまる気持ないと思う。ずっとあやまる気持にならないかも知れないよ、そしたらわたしどうしたらいい。

——吾一ちゃんがずうっとあやまる気持にならなくても、非時子はあやまる気持になったときにあやまればいいんじゃないか。そう思うけどな。

——うん、そう思う。


彼女はつないでいた手を離して、道端の生籬の根元に小走に寄った。根のまわりの土を指でいじっている。そんなことが非時子はとくに好きだ。

征雄はタバコをつけた。小春日和の青空の下で吸うタバコの味は格別だった。林まではもうすぐである。昼食まではゆっくりと非時子とふたりこの暖かさを楽しむことができるだろう。

非時子が戻ってきた。左手をしっかり握りしめている。征雄が右手を差し出してつなごうとすると、手を振って拒んだ。

——何を拾ってきたんだい。

彼女が開いた左の掌には、黒い団子虫が三匹、まるまっていた。これぱっかりは征雄が理解者で初穂はうけ入れない。子供部屋のあちこちに妙な虫を見つけると初穂はすぐ捨ててしまう。

左手をしっかり握りしめたまま、彼女は父の斜め先を歩く。

林に省太たちの姿はなかった。初老の男女が一組、落葉を拾っていた。形の良い黄葉をえり別けて拾っているようであった。言葉をかけ合うでもなく、それでもお互いの心持を理解し得ている夫婦のように征雄には思いなされ、十五年二十年先の初穂と自分の姿をそこに投影しようとするのだが、はっきりした像は結ばないのだ。

非時子は落葉樹の根方で虫探しに余念がない。父は倒木に腰を下ろし、新たな一服をつけて、彼女の動きを眼で追う。雑木林には落葉樹に混って大きな松が何本も生えている。木もれ陽が眩しい。遅く眠って早く起きたから、眠気がきざしてくる。

とにかく非時子を叱りたくないのだという初穂の声が、気持の落着きどころがないという桐野の声が、あやまるようになるかわかんないという非時子の声が、浅い夢の中で生なましく立ち現れてその度に、撃たれるような思いで眼を開くのだが、タバコの灰はいくらも伸びていないのである。彼は自分だけが深い戸惑いの外側にいる気がした。そして、昼メシは何を食いたいかと考えようとしたが、何も食いたいものが浮かばないのだ。どうも、陽気が、よすぎる、ようだ。

非時子が白いハンカチの包を両手で捧げるようにして父の脇に小走りに近よる。ハンカチの中は大小の虫と枯葉だ。美しいと言われる昆虫は一匹もいない。ゲジゲジまで混っている。大学時代に日本文学科の友人から〈虫めづる姫君〉という話を聞いたことを思い出す。いいじゃないか。彼女は棒切れなんかではなくて、指先で虫をつまんで伸ばしたりひっくり返したりして眺め入る。

名づけの理由は〈女が生れる時に非ず〉という存念ではないかという思いが蘇る。この子は初穂ともおれとも違う生を生きるだろうと彼は胸を熱くして思う。

非時子は林の深みへと走り去っていく。

（一九九五・一一・一六）

女たちの宿

——女と男はともに天を支える

一、とうに夜半をすぎて

その夜の眠りは少し浅かった。昼間のデモで、機動隊員が私の右足の甲に落したジュラルミン製の盾の重みが、一瞬私の息をつまらせた。ひびは入ってないと確信すると、その隊員の喉を私は拳で力一杯突いた。乱闘服に身を固めた機動隊員の急所は喉なのだ、と教えてくれた背の高い、日本最強の全共闘の学生はこの初春に、サーキットの事故で死んだ。それを伝える新聞記事の切抜きを私は定期入れに入れて持っている。「公務執行妨害」の声が機動隊員の間から湧き起こり、殴られた隊員は他の隊員にかばわれるようにしりぞいた。私を中心に小さな渦ができた。いくつもの腕が私を道路のセンターラインのほうに引きずり出そうとし、それを上回る必死のいくつもの腕が隊列の中央にひきいれようとした。私は援けられた。もう一度センターラインのほうへ、機動隊の方に突き出ていこうとしてまわりの仲間たちから抱きすくめられ頭を押えられた。もう一度出ていったら逮捕されるのは目に見えていた。しかし、何か熱いものが馳り立てるのを鎮めたいとは思わなかった。小柄な私だが、この隊列を守るのは私だという気持ちが、きょうはひとしお強かったのだ。新しいメンバーが多くて、中にはデモに参加すること自体初めてという人も数人いた。小柄でも機敏で、デモの経験も豊富だからデモ隊と機動隊の界面に、望んで立った。ふつう、デモ隊は車道の左側を行進し、その右手、センターライン側を機動隊が圧迫するように進む。

長い隊列の中ほどの、私たち女だけのグループは、いくらか注目されていた。女性解放の新しい波として。報道陣のカメラもこのグループを狙っている者がいくつかあった。「ウーマン・リブ」という言葉が、好奇の耳目の時期がすぎて定着しつつあった。

私たちは、小さいが威勢のいいグループだった。論争を好んだ。小さな集会を主催したり、大きな集会には必ず発言の場を得たり、街頭情宣も熱心だった。

右足の甲は疼いた。しかし、時間が経って、いくらか心地よい疼痛というものに変り始めていたのも事実だった。眠りながら、ずっと右足を意識していたようだ。くり返し続く衣擦れの音。押し殺したあえぎ声。八畳間に十人の雑魚寝。ここが私たちの拠点、コレクティヴ。首を浮かせて透かし見ると、私から二人分離れた布団に寝ていた女と男が重ね餅になって全身を動かしている。二人は夜半を過ぎてここに泊りにきたのだ。幸いまだ、きょうのデモと集会の総括をやっているところで、しめくくりの前に私が進んで短くきょうの行き過ぎの自己批判をしたところだった。女はメンバーだったからともかく、男はどうするかという問題が大きな議論になるかと思ったがそうではなかった。大きな、小さな、ほとんどが共感に近い、笑いの中に男はたやすく迎えいれられた。男もこの日のデモの参加者だった。〝所属する組織のない隊列〟の一員だったと語った。彼もまた機動隊との小ぜり合いの中で逮捕されかかったとのこと。〝所属する組織のない隊列〟は大半がデモに慣れた人々で、初心者を守ってよく統制がとれていたという。去年、おととし、学生運動の敗北局面で、崩壊するセクトもあらわれ、そうした中どこにも所属しない活動家たちは増えていた。彼も、セクトを脱けたあと、たいていはこの隊列の中に位置を占め、デモ指揮もするそうだ。

中肉中背で左眼の下に小さな傷の跡があるこの男は、饒舌ではない程度に、はっきり物を言った。逮捕されそうになったのは、やせた若い女の参加者が、機動隊員に眼鏡をとられて踏みにじられたのに、男が冷静さを失って隊員の喉に攻撃を加えたことから起った小競り合いの中だった。若い女は度の強い近眼らしく、参加者たちに取り囲まれて守られるようにゆっくり歩を進め、男はぽかっとできてしまった車道上の空間で当の隊員と数秒間つかみ合い、双方の集団が彼の主観では呆然とやや遠巻きに見守っていたとのことだ。もちろんすぐ、彼は人波にもまれ、両集団から身体がひきちぎられる程にひっぱられ、機動隊員たちのスネ当てを空しく蹴りつつようやくデモの隊列の中に奪回された。写真は何十枚も撮られている。お前、目をつけられているぞ、と彼をひっぱり込んで助けた中年の男に言われたという。写真は私服警官によって無数に撮られていた。報道やデモ参加者のものより、はるかに多いのだ。デモ前の集会から、隊伍を整え、行進の一部始終まで私服たちはマークしたグループをしっかりと撮り続けていく。そのため、デモが解散して気が緩んだところで逮捕されることもしばしばある。

男はデモの途中で隊列をぬけ出して私たちの小さな隊伍を見に来たと言った。私たちをじゃなくて彼女をでしょ、と誰かが言って二DKのコレクティヴは笑いに包まれた。こうして彼は自然な形でこの夜コレクティヴに泊まることになった。しばしば誤解されることだが、私たちは男を敵とはしていなかった。女性と男性の存在と意識を変えるのは、男性を敵視していてはできないというのが私たちの一致した考えだった。その夜彼は言った、女性の解放がなくては男性の解放もないと思う、だからぼくはあなた方が展開している運動に注目しているし、協力できれば、と思っていると。それから女の手の上に掌をあずけた。

男は二十歳だと言った。彼女はもうすぐ十九歳。私は二十四歳になろうとしていた。このカップルは私よりはるかに若く見えた。私は生活に疲れ始めているようだった。スネ齧りのおふたり。年下の学生と年上の浪人男。男の方が熱を上げているのははっきりしていた。ひとことで言ってウブだった。彼女はどこか醒めていた。その上での熱いものはたしかにあった。軽い嫉妬を覚えた。嫉妬、そして疲れ。このまま、若さは私から去っていってしまうのだろうか。嫉妬などという感情はこれまでほとんど覚えたことはない。貧乏には慣れていたから、ないものねだりはしなかった。今、掌の中にある、若さと名づけたい物が、指の間から流れ出してしまうように思えるのは、思うまいとしても哀しかった。これは錯覚かも知れない、とも考えるのだった。私よりひと回り以上年長の作家が、自分たちのことを〝老いやすい世代〟と呼んだのは、その作品とともに有名だった。最近読んだエッセーの中でこの小説をひきつつ、私たちを〝老いたがる世代〟と呼んでいるものがあった。私もまた、実際は老いたがっているのだろうか。戦後のベビーブームのなかで生まれた私たちが、二十代の前半で早くも老いてゆくとすれば、この国（そう、こ、の、国。私たちの国とは呼ばない）は二種類の老人が住む国になる。私はまだ若い。いやきっぱりと、私は若い。

昼間のデモでの昂揚を鎮めかけたときに現れたふたりの存在が、私に多くのことを思わせた。けれども、日中の疲れは私たちを眠りへといざなった。

議論に熱中している間ほとんど忘れていた右足の甲の痛みがまた戻ってきていた。メンバーのひとりが湿布を取替えてくれた。冷っこい湿布がここちよかった。足首を動かしてみても、痛みは激しくならなかった。痛みがいとおしいものに思えた。私だけのもの。みんなが気づかってくれた。万一のために医者に行こうと言ってくれる者もいた。喜びも苦痛も共有しようというのが私たちのグループのあろうとする姿だった。足を踏んでいる人間は踏まれた者の痛みは何年たってもわからない。だから踏まれた側の苦痛を共有すべくたたかうのだ。そう、それが私たちの目指すたたかい。

でも今宵、この痛みは私だけのもの。私だけの……

すぐに眠りに落ちたけれど、右足だけは醒めていたようだ。充分に深い眠りではなかった。何千冊という大きな本が空を飛び、両陣営に別れてたたき落とし合うという夢を見ていた。天金で上等の製本の書物の群だった。たたき落とされた本は、背を上に、頁を開いてひしゃげるように地べたにはいつくばった。書物と書物の、紙と布の、革と革の擦れ合う音と、パタンと地に落ちる音が続いて、途中で目覚めた。衣擦れの音。規則的な。押し殺したあえぎ声。二つ隣りの布団の上を透かし見るようにすると、男と女が。男の格好というのは、ユーモラスなものだ。空を背にして頼りなげ。勤労階級。女なんて眠りこけていてもデキる。白けかえって大空の星の数を数えながらだってデキるんだ。女が全く白けていないのは事実。でも声は抑えている。男は全力、いっそけなげとも思う。両手が背中をゆする。ねえ、つけて、あれ、とささやき声。ヤだよ、第一持ってない、とダミ声。私のバッグ。とりに行けないよ。結局そのまま続けることになったようだ。私が起きていってスラックスのポケットから出して、これ、使いなさいよ。それも面白くなくはないけれど、若い二人の不器用さを尊重した。

何人が気付いていているだろうか、八畳間十人の雑魚寝で。私はぼんやりさきほどの夢を想い出していたが、何か空しくなって、右足をいとおしみながらまた眠りに落ちた。もう夢は見なかった。深い眠りがきた。

二、鮮やかな朝

窓越の朝の光がテーブルやグラスやトースターに乱反射して眼が痛い。ほんのしばらくの時間。曇り日が私は好きだ。一日に果てがないように思われるから。雲の動きを見ているのもいい。濃く薄く重なり離れ、どんな動物よりもすばらしい動きをする雲は、たしかに天才だ。コーヒーの香りがする。朝は二杯のコーヒーとタバコさえあれば何もいらないほどだ。アパートでは、実際そうしている。貧乏とは関係ない。高校を卒業してひとり暮らしを始めてからの長い習慣だ。ジャムを塗ったトーストを一枚だけ食べ、二杯目のコーヒーを飲み始めたとき、男が起き出して来て伸びをした。ゆっくり休ませていただきました、と大きな声でいい、起きている数人に深々と頭を下げた。意外な感じはなかった。そのことが心地よかった。昨夜のことを、私は言い出すつもりはなかった。女は早く起きたグループで、静かにタバコの煙をくゆらせていて、少しも悪びれた様子は見せなかった。男が、腰かけている女の肩に両手を乗せる。女は左手で男の右手をそっとつかむ。眼は合わせない。男は眼を瞑る。しばらくの間。その間に首筋と鎖骨に指先を這わせる。女は上気したような表情を見せた。私はいたずらを思いつく。でも、黙っていよう。きっと誰かが、似たようなことを言い出すだろう。コーヒーカップをテーブルに戻して、タバコを深々と吸いこむ。ゆうべの夢を思い返す。大部な洋書ばかりの、激しい闘い。豪華な装釘は、きのうのデモの色とりどりのヘルメットや乱闘服でもあるだろうか。たたき落されていった多くの書物が気にかかる。敗北ということ。うちのめされ、二度と立上がることのできない敗北。自殺しない限り、生活というものは続く。自らの敗北を認め、戦列を離れていった人々は、今どんな生活を送っているのだろう。サーキットの事故で死んだ彼もそうだった。集会で知り合って、思想的にも私をリードしてくれた彼は、六九年秋におれたちは敗けたんだよと言っていた。その、戦略的な敗北は認めるけれど、生活者としてはそうは思わない、たたかいの課題は多様だから、私は決定的なことだとは思わない、現にあなたもたたかっているじゃないの、という私の詰問にも彼は微笑して遠い眼をするだけだった。去年の晩秋、私のアパートにころがりこんできた。二人が初めて抱き合った彼の下宿は、六畳一間にスチールパイプのベッドと中華鍋があるだけ。整理ダンスひとつなかったが、その替り本はビッシリと並び、積みあげられていた。おれはね、本当は本の虫なんだ、本さえあれば日がな一日下宿にこもっていられる、この中華鍋がね、おれの武器だ、暇なときはこれで三食作って食うよ、きょうからは君にもお手並を見せてもらおうか。私はそうしなかった。彼の下宿で同棲する意志は持っていないのだった。同棲から妊娠、出産という線を想定したとき、彼の変化の予測が、私に危惧を抱かせた。朝のベーコンエッグや、スープスパゲティ、ハンバーグ、鰯の刺身などに未練はあったけれど。男一般の翻身というものに、いつも警戒心を捨てきれずにいた。彼ひとりは別ものだと思う。それが、ほだされたっていうことじゃないか。警戒をゆるめるな。この孤り身の身軽さをむざむざ引き替えにできるほどのことか。しかし彼が転がり込んできた時は、私は拒む気持はつゆさらなかった。軽四輪でひとりで来た。中華鍋を振りながら、これだけだよこれだけと二つの段ボール箱を指して見せた。本はほとんど処分したんだ、いい値になったぞ。そのまま上がりこんで、私の書架にダンボール箱の本を並べた。戦後の詩人たちの作品が並ぶ。洋書も詩集だった。白鳥の歌なんてまだ早いわよと言うと微笑したが、言ってしまった私が後から何度も思いかえすことになる。ふた月ほどの〝家庭生活〟はすぐ過ぎた。私は避妊しなかった。いつもポケットにしのばせていたアルミの包みをついに一度も使わなかった。その期間、私も朝食を食べた。決して料理は嫌いじゃないのだ。大根の味噌汁、きゅうりの浅漬け、秋刀魚の塩焼き。区立図書館の書架整理のアルバイトを、四、五か月休んでもいいほどの金が彼にはあった。だが私は休まなかった。彼は料理買い出し洗濯をまめにするほかは、詩集を耽読してあきることがなかった。勤めの帰りに酒を買っていくと、食後は戦後詩の小さな朗読会だった。今もバスが耳に響く。刃のようなフレーズの群れ。内部の毒が切開されてゆく……

男がコーヒーカップを置く。タバコはあまり吸わないらしい。メンバーのひとりが入念に薄化粧を終えるころには、皆起きてきていた。黒いタイトなジーンズの、創立メンバーが男に言う。きみ、牛乳二本と朝刊ね。はいと気軽に答えて玄関を見に行き、すぐ戻ってきて、牛乳も朝刊もありませんよと気抜けした様子。男ひとりを除いて笑いのさざ波が広がる。その辺をちょっと散歩してらっしゃい、すぐ見つかるから。どの辺ですか、店は。どの辺でもいいの、店はないのよこのあたりには、適当に物色してくるの。物色ね、その辺ね、納得いかないな。薄化粧が言った、一宿一飯。わかったよきょうだけでしょう、ね。男はゆっくり帰ってきた。この辺はアッパータウンとダウンタウンがはっきりしているね、アッパータウンから持ってきたよ。また笑いが広がる。それ、君のモラルなの。ま。酷よね。いいのよ。あたしカフェオレにする。牛乳弱いのよ、すぐお腹がゴロゴロする。ココアつくろっと。ゆうべはよく眠れなかったと誰かが口火を切ったので、みんな黙りこんだ。さて。円卓で男と女は見つめ合っているところだった。疲れるとかえって眠りが浅いのよ。後に続く声はなかった。知らんふりをしようと思った。批判する必要なんてないのだし、話のサカナにして笑うこともない。男のひたむきさがみんなにも、冷かすことを忘れさせているようでもあった。

野菜炒めつくろうか。男が、女の背中に回ってブラジャーの線をなぞりながら言った。野菜、たくさんあるわよ、ベーコンも。食べる人。はあい。私も。私も。よし、たくさん作るぞ。人参を刻む手つきは素早くて確かだった。キャベツは手でちぎった。ピーマンにもやし。そしてベーコン。味付はゴマ油と塩と胡椒だけ。フライパンのさばきもいい。さきほどの気まずさはほどけていた。コレクティヴは笑いさざめいていた。うん、うまい、ニンニクなかったの、残念。久しぶりにビタミンたっぷり。あのねえ、もっといていいのよ、昼も晩も作ってくれるといいわねえ。ねえ、ほかに何が作れるの。そうだなあ、目玉焼に焼きソバに、肉ジャガかなあ。肉ジャガ食べたい、と薄化粧の女が言った。晩ごはんは肉ジャガ。女が男に目まぜした。きょうはね、アパートさがしなんですよ、おれの三畳間じゃあいくらなんでも、ね。今日までの、女の話で男が結婚したがっているのを私たちは知っていた。マザコンよ、と言い捨てたメンバーがあったように、男は女に甘える傾向があるようだ。ひっきりなしに女の身体のどこかに触れていないではいられないことからも、それは言えると私も思った。今も女の髪を指先で梳いていた。困ったこと。男性の女性に対する甘えは、女性支配のひとつの現れなのだと私たちは常日頃確認していることである。女はこんな状況をのり切っていくことができるだろうか。今のままなら、女には結婚しないようにアドヴァイスするほかはない。男に好感が持てるだけに、それは残念なことだった。女も、気付かずに、うまうまと母性本能をくすぐられているところがある。危機だと思う。

私と彼の間にも危機はあった。共生を始めて二カ月、私には彼が重荷になってきた。なるほど炊事洗濯を初めとして家事は良くやっていた。経済的にも、私の稼ぎで暮らしていたとはいえ、彼が金を出すのを惜しむではなかった。しかし、私が仕事から帰るといつも本を読んでいる。夜遅くまで読んでいる。私が疲れていても、詩論を展開し、私の意見を求めてやまなかった。私の疲れは非常にしばしば無視された。多くの戦後詩はたたかいの言葉だったから、彼の議論も私をやすらがせるものではなかった。議論は拒まないけれど不眠で立っているわけにはいかなかった。そんな時には私のほうからベッドへいざなった。ほんとうの喜びのためではなかったから、私は気の重いことがあった。彼は活字の中で自分を責めていた。その自責を、私にあずけるようにする時、私は悲鳴をあげた。それでも彼は自覚のなかでそれらを行っており、自覚と自己直視の継続に疲れているようだった。もうそろそろおしまいにしなければ、と彼は言い、それは私のうちらに素直に落ちた。別れる時だった。彼は西の方のサーキットの名前を告げ、そこで働くと言って去っていった。からだひとつで。

コース上の事故はそれから三月後に起こった。即死だった。彼は中華鍋と詩の本と新聞記事となって私に遺された。特別な思い入れもなく中華鍋を使い、詩集を読みちらすことが多くなった。飲んで、小さな声で朗読することもあった。聴き手は私自身。ついたかぶってしまう自分を見出すことも、一再ではなかった。彼とのことは終っている。未練はなかった。ただ、記憶を無理に殺そうとはしなかっただけだ。自然に消えるのを待つだけ。

三、時疾く流れて

野菜炒めができる前に、区内の都立高校に勤める数学教師は出勤していった。薄化粧のメンバーもスーパーマーケットに出ていく時間が迫っていた。私はきょうは午後出の届けを出していた。ほとんどのメンバーが職業についており、学生は少数で、専業主婦はいなかった。私たちが拒んでいたわけではない。げんに、集会には何人もが足を運んでいて、名簿に「主婦」と記していた。彼女らはあまり積極的な発言をしない。私たちは家庭お大事主義を否定する。そこでは、主婦は労働力として認められていない。私たちは家事をしないことを主張する集団などではない。家事労働も労働として正当に位置づけること。「主婦」を家事と育児に縛りつけている現状から解き放つことが当面の課題だ。家出するノラではなく家庭を変革するノラ。そうした存在に主婦はならなければならない。それでこそ両性を、性のきしみから解放するのだ。私は、当面は婚姻と言うことを考えていない。相手がいないという事実もあるけれど。カイホーカイホーっていうけど、性のカイホーって誰とでもカンケーを持つってことなんですか。家庭は壊れるわ。だからね、一度家庭が壊れるほどのことをやってみようよっていうこと、いいじゃない、家庭ってそんなに大事な、しがみついていなきゃいけないものなの。経済的に自立してないから、夫に、家庭にしがみつくことになるんでしょう。しがみついてません、愛し合ってます。家庭は愛の場です。否定しませんよ、愛。愛がなかったらおしまい、で、自立してない人間の愛って従属関係をもたらしませんか。それは……。議論の輪に加わってくる主婦たちはまだよかった。複数でやってきて終始頭をつき合わせてヒソヒソ話をして帰ってゆく女性たちには、やりきれないものを覚えた。私たちがつねに困惑するのは、運動がフリーセックスを目指すものだという大きな誤解だった。フリーセックスを否定するのともちがう。しかし、それは何とあいまいな概念だろう。一部のジャーナリズムがはやしたてるようなフリーセックスなら、結局傷つくのは女性だ。ひとつの行為でリスクを負っているのはまず女性なのだ、むやみに性行為に走るなかに女の解放があると考えるのはまちがっているというのが私の思い。他のメンバーとのぶつかり合いもしばしばだ。もっと大胆なメンバーはたくさんいる。自分を大切にしない行為なら、私は賛成できない。悦楽だけを糧に生きるということがいつまで出来るというのだろうか。

好きな男とは寝る。欲望を満たすために男を求めることはしない。私は、自分の行為をフリーセックスとは呼ばないことにしている。突然身体の奥からやってくる欲望を自分ひとりで満たすことは多い。それでいいのだ。男と女とのように、ここに来てまで求め合うなんて私にはできない。コレクティヴ始まって以来のことだ。けれど、それはそれでいい。純愛というものに近い姿に見えるから。

純愛に近いもの。女と男は、きょう、ふたりの生活の場を見つけに行く。男は地方の親からの仕送りだから、当分はごまかすことはできるだろうが、女は都内の親許から出ることになるのだから、ふたりの生活の経済的基盤はたちまち困ったことになるだろう。男はアルバイトをするのだと言って張り切っている。受験勉強はどうする気なのか。女は家庭教師でも、と今朝になって言い出した。ふたりの中で、賃労働というファクターがどんなふうに作用するか、私は危惧と期待を抱く。

男と女は眼と眼で、テーブルをへだてて愛撫し合っていた。男は、襟ぐりの大きな黒いTシャツの女の、鎖骨をいとおしみ、小さめな胸もとへと視線を這わせた。女は男の長髪に眼をやり、すぐにふたりの眼は合った。大半のメンバーは自分のことにかまけて、ふたりに注目していなかった。あなたたち、見つめ合うのもいいけれどね、と黒いジーンズのメンバーが言った、これからが大変、ふたり並びあって、前方を見つめなきゃいけない、フランスの飛行士がそう書いてたわ。わかるわ、それ。なおも男の視線を追いながら女は言った、見つめ合ってばかりいたら出口はないのよね、きっと突破口はつくってみせる、今、あぶないのよ私たち。そうかもしれないけれどね、飛躍台に立っているんだ、おれたち。跳ぶんだ、新しい、対等な生活を作るんだ、絶対に日常性に埋没しない。見ている側としては不安がいっぱい、きみ、来年も受験するんでしょ、大学にそんなに未練があるの、未練があって、受験勉強そっちのけでアルバイトをやって行くの、線香花火みたいな愛じゃないって自信があるの。あります。女は顔を赤らめながら頰笑んだ、あるわ、私も。今あぶないからこそ力を合わせるのよ。のり切るわ、いっしょになっても活動がきちんと出来る関係にする。期待してます、と最年少のメンバーが言った。彼女は南の島から出てきて、コレクティヴにしばらく住み込みの形なのだ。私の夢でもあるわ、もっとも私は別の生き方をするつもりだけれど。ココアもう一杯つくろうっと。いや、まいったなあ牛乳と朝刊には。まいったのはゆうべのあなたたち、と一番長身の黒縁眼鏡のメンバーがぼそっとつぶやいた。男はまた女を見つめ、それからメンバーを見渡した。みんな気付いてました、よ。それでも男も女も悪びれた様子は見せず、男はそれはたしかにまいった、ゴメン、と大声で言ったので笑いがひろがった。

男はどう見ても気負っている。女の中に男がひとり。しかも、たたかう活動家集団のなかで。まだ少年の風丰(ぼう)。しかつめらしい表情をして見せても、すぐにほどける。さあ、皆さんたっぷり召し上がったかな、後片づけだ。いいわ、私がやる、と南の少女がいうのにおっかぶせるように、料理は皿を洗うまでが一仕事なのさ、と力こぶを入れる。たしかに手際がいい。と思っている途端に黒いコーヒーカップをひとつ欠いてしまった。修業が足りませんで。メンバーの半分に行きわたるように買った揃いのコーヒーカップ。男は女を意識している。家事を分担することなどなんでもないというところを見せようとしているのだ。ま、それもけなげ。いや、だまされちゃいけない。とことんだまし続けるならそれもいいか。とことんとことん。それだけの器量力量があるかしら、この少年に。気負いばかりが目につくけれど。食器はぴかぴか。流しもきれいにしてくれた。がんばりすぎないで。

男は再び円卓を囲む一員となり、女のメントールタバコを一本取ってふかし始めた。タバコ、吸わないの。うん、一日に二、三本ふかすだけ、それ以上は受け付けないんだ。メントール吸うとインポになるんだってよ、と女。関係ないね、じゃあ女は不妊症になるのかい。結構だわ、子産み子育てなんて面倒なこと想像しただけでため息が出るわ、あなたがみいんな替ってやってくれるならいいけど。でも、子供は好きよ、豚みたいにたくさん子供がいたら面白いわよ、サッカーチームが作れるじゃない。きみはね、いつもやっきになって否定するけどとっても母性が強いんだよ。あら、それにつけこんで甘ったれようとしてるのだあれ、私のトーンがつい高くなってしまった。男は初めて気まずい表情をした。自覚はあるらしい。むしろ、女に暗示をかけて彼女の母性を自分の方にたぐりよせようとしているかのようだ。案外したたかなのかも知れない。負けちゃだめ、女のしたたかさを見せつけてやりなさい、と私は心のうちで言う。

男はすぐにとりつくろって室内を見まわす。午前中の光が入ってくる、半開きの窓に視線が止まる。窓ふこう、もう立ち上がっている。これ、タバコのヤニだな、ちょっとやっかいかな。きみ、働き者クン、スタンドプレーはもういいよ、とほんの少し棘のある声を長身で黒縁眼鏡のメンバーが男の背中にぶつけた。モカがあるの、挽いてちょうだい、楽しなさいよ。ああ、挽きますよ、挽いたら窓だ、いくらなんでも汚すぎる、女の城らしくないでしょ。ナンセンス、それ性差別よ、わかってるの。おれはそうは思わない、すすけた窓なんて気持良くないよ、女、男にかかわりなし、女の城の部分だけ撤回。もうモカを挽き始めている。私、いいと思うわ、窓ふき手伝うわよ、と南の少女が言った。私たち時々やってればこんなに汚くならなかったんだもの、いいじゃない、窓ぐらい。いいわよ、それは。窓をきれいにしてくれればありがたいの、でも、女の部屋だからきれいにしてなきゃという考えは改めてほしいの、家庭を守るのは女だけの仕事という考えにつながらないかしら、クレバーな働き者君。光栄です、クレバーだって、趣旨わかりました、で、彼女とふたりでガラス磨き始めます。やることはやるのね、それはいいわ。女も、私がお湯沸かす、言うが早いかガス台にとりついていた。私たちは目まぜしてクスリと笑った。夫唱婦随だわ、まったく、あーあ。外っかわは土埃だからね、中はヤニだからちょっと洗剤をつけないとね、ゆっくりゆっくり、雑巾はぬるま湯でまめに洗って。お昼ご飯はぴかぴかね、メニューは何かしら。肉ジャガ肉ジャガ。働き蜂君、女王蜂に囲まれて幸せでしょ、肉ジャガつくってよ。それはちょっと、アパートさがしで……。いいわよ、私は、窓ふきのおふたりさん、お似合い、と女。男は笑う大口をあけて。おまかせ下さいお姉さま、と南の少女。肉ジャガ肉ジャガ。英字新聞社を休職中の、年長のタイピストが、三畳間でパンフ類を整理していた手を休めてキッチンに向かって珍しく声を上げた。私、昼ご飯つくろうか、カレーでも。そのへんだね、この働き者が、これ以上かきまわしてくれたら、私たち嬉しくて嬉しくって、何のためにここに集まっているのかわからなくなっちゃうわ。

今朝四杯目のコーヒー。私もモカが好き。男と女が肩よせ合って腰かけて少し疲れた表情を見せている。二ＤＫに住めればなあ、西日のあたる三畳間はもうこりごり、と男。贅沢だわ、六畳ひと間で充分でしょ、これから何年学生生活が続くと思ってるの、アルバイトの収入なんて知れたもの、と女。働くさ、ばりばり。体力は自信があるよ。そうじゃないの、受験どうするのよ三浪はだめよ。一点突破全面展開よ、とタイピスト、集中力あるの、大学に未練があるのなら受験に集中するのがあなたの選択肢よ、それしかない。甘いわね。仕送りで生活してるんでしょ、卒業まで仕送りしてもらうつもりなんでしょう。それで同棲のためのアルバイトなんて。調子のいいことばっかり言ってるけれど、結局自信がないんじゃないの、彼女を引きつけておくだけの。中途半端に終わらないでね、傷つけ合うことは目に見えているような気がしてならない、あなたたちを見て言ってるだけじゃないの、私の体験からむしろ言うのよ、しっかりして。

四、正午に近く

私は六年前に大学の英文科を卒業して英字新聞社に入社したの、大学の終り頃には学生運動の盛り上りもあった、私も参加したわ。私たちより上の学年の学生たちは、その上の学生たちの伝説を私たちに語り継いでいた。私たちの運動にもそんなものが存在した。時代というものだったと思う、伝説の生まれる時代があるものよ。たいていそれは、悲劇の色に覆われている、悲劇と祭りね。政治の時代に生み出される伝説はここから出てくる。闘争のなかでのひとりの学生の死が国民全体にショックを与え、多くの人々を動かしたこともあった、挫折し自殺した学生の手記は、ほら、あなたたちも読んだでしょう、新しい活動家たちのバイブルのようになっている。党派闘争がきびしいものになってきました。私はセクトには属さなかったけれど、党派闘争に運動全体が振り回されることが多くなっていったの。私はアルバイトの家庭教師と活動と勉強とを、何とか成立させました。留年もしなかった。仕送りなんてなかったわ、奨学金は出ていた。あなたの言う経済的自立、私は早くからそれを果していた。できないことじゃあないのよ。徹夜で勉強することもしばしばだったわ、家庭教師のあとでよ。六畳一間でした。無駄なものは置かなかったから、けっこう広々していたわ、そういう生活ってできるのよ。考えてみて。

四年生の時に、他の大学の年下の活動家と恋をしました。卒業論文に目鼻がついていたので気がゆるんだってこともあると思う。それまでは男なんて生活上の夾雑物としか考えられなかった。稼ぐのと活動と勉強と。余裕のない生活でした。回り続けていた独楽が止ったとき、ふいと夾雑物がとびこんできたのですが気がつくと私たちは噛み合ったふたつの歯車になっていました、そう、あなたたちよりしっかりした歯車だったわ。彼は自分の大学の食堂でアルバイトをしていた、きちんと経済的にも自立してました。彼は党派員だったから活動に時間を割かれて、勉強のほうは単位を取るのが精一杯、二年のときに、専攻に上らずに留年したの。それでも卒業の目途は立てながらのことだったし、もう一年の留年ということを目算に入れながら、教職の資格も取るつもりで勉強していました。第二外国語も、辞書を引きながら原書が読める程度に、まじめにやっていた、活動を理由に勉強をおろそかにするようなことだけはしたくないと折にふれて言ってた。お酒は好きだったけれど、夜のアルバイトでしょ、それから勉強するんだから、彼の言葉を今も信用しているけれど、月に二、三度私と飲む以外はめったに外では飲まなかったようよ。

私が誘ったの、私のアパートへいらっしゃいって。郊外のアパートから都心の大学へ通うよりも、電車一本短時間で私のアパートへ住む方が、勉強の時間もとれるし、その頃ちょうど二人の間は燃え上がっていたのだわ。毎日会わずにはいられなくなっていたの。集会で会うこともあったし、ふたりのアルバイトの前の、短い時間会うという日々も多かったけれど、もっと私たちはお互いを所有し合いたがった。彼のアパート代と幾らかの食費が浮く、これで彼のアルバイトの時間を何割か削ってぜひ教職までとってもらいたいと私は考えた。それに、彼のストイシズムを解いてもらおうと思ったの。それまで私たちには性交渉はありませんでした。彼にとってはまさに禁欲。意志の力で他の女性の誘惑も断っていたんです。私は……私って性欲は強くないの。でも、そのときは私の内側の欲望も、とどめられない程にたかまっていました。私はまだ男を知らなかったの。それが少し哀しかった。でも私は崩れていくのが怖かったのね、自分の中に作り上げた制度が。私にだって誘いをかけてくる学生やサラリーマンはいたわ、でも、私をおもちゃにしようと狙っているのは目に見えていた。男たちに対する軽蔑はつのる一方だったのよ。今、私は制度という言葉を使ったけれどどうかしら、私たちがたたかっているのは女をいやしめる制度。私の内部の制度は保身につながるものかも知れないと次第に思い始めるようになっていった。性交渉で崩れてしまうなら、そんな制度なら、つき崩して再構築すればいいのよ。私は明らかに保身の方に傾いていた自分に気付きました。恋がそれをメルト、融かし始めていたのだと思う。私の中の制度を、ごみ屑のように捨てたのではありません。私はよく吟味してみたわ、そしてそれが恥しいものでなかったことを確かめると同時に、もう私にとってきゅうくつなものになってしまっていることを認めないわけにはいきませんでした。私は緻密に、私の制度を解体していった、今思うといくらかのぼせ上がっていたのであったけれど。労働と活動と学習と日常生活のこまごました部分、それを検討しました。アルバイトはうまくいっていた、家庭教師はからだもきつくないし収入はよかったわ、大学受験の家庭教師だから。精神的なプレッシャーはありました。よく勉強する子供たちだったけれど、いい大学へ入っていい企業に就職する、そんなことに疑問を抱いていない子供がほとんどで物足りなかった。この点はしっかり考えていかなければいけない、そう思った。家庭教師は成績を上げるためのもの、それでいいと思っていたのが揺らぎ始めたんだわ。私は……はっきり言って英語はよく出来た、他の科目も過不足なく教えることができました、子供たちの信望は厚かったといえます。そのことを、まあ利用してお茶の時間に社会的な問題を話し合うようにしていったんです。大学は幻想を持つべきところではないということなども。二軒から、母親からやんわりと苦情を言われましたけれどそれだけでした。とにかく、勉強のほうはよく見てましたから。そこからもう一歩、受験のためでない家庭教師を模索したの、卒業まで一年もないなかで、解雇されても生活が成り立つように、本人両親ともに、理解のある家庭を選んで、まず一軒だけで、一種の討論ゼミを始めた。大学論をやりました。日本の支配構造を支える装置としての大学というテーマで私が二十分ぐらい話したの、反応はよかった、女子高校生でしたけれど大学へ行くことに何の疑問も持っていなかったんだけれど、女性が大学へ行くことが両刃の剣だと気づいたと言ってくれた時は、初めて手応えを感じました。女性の、より一層の社会進出の突破口であると同時に、支配層の末端につらなることの危険、女性だからこそそれを感じとってくれたと私は嬉しかった。まだ今のように大学解体という問題意識はありませんでした。両刃の剣という言葉は、卒業を控えた私を改めて考えこませた、とくに、私は就職戦線のさ中にいましたから。

男社会の中で、うまく上昇していっても中間管理職あたり。歯ぎしりしながらその上を望んでも頭を押えられるだけでしょうから。手さぐりで月に二回、ゼミを進めていきました。そう、そうするうち、その女子高生本人から、家庭教師を断ると告げられました。受験勉強は自分の力でやるというのです。私のゼミの思わぬ効果でした。でもこれはもっと後の話だわ。家庭教師はこんなふうでした。

彼を私のアパートに迎えるのは、明らかに就職には不利なことでした、身上調査があるでしょう、活動家と、いいえそうでなくても男と同棲しているのがわかったら、ダメよ。でも、私は彼をアパートに迎えいれた、喜びの日々でした。その前に、出来るだけ冷静に自己分析をしたつもりですけれど、もうふたりは燃え上がっていたのだわ。運動の面では、私は、こんな言葉を使いたくないけれど、熱心な同伴者でした。まだ、ノンセクト・

ラジカルという言葉はなかったのね、心情としてはその立場だったわ。デモのときは党派の隊列に参加することもあった、止むを得ずね、だから党派に加入することは何度も強く求められたの。私は党派間の、そして党派内の権力抗争は運動にとってマイナスだと考えていたし、そんなものに手を染めるつもりはありませんでした。日和見と呼ばれることもしばしばありましたけれど、私には自負があったわ、私もまた、たたかう主体だという。市民参加の大きな集会のときには、文芸部のシンパといっしょに独自のビラをつくって撒きました。手応えはあったわ。党派とちがって、集まっては消えていく学生たちに苛立つこともないではなかったんだけど。彼は私をオルグすることはやめていました、私の考え方を理解してくれたんです。そうでなかったら私は共同生活を選ばなかったと思うの。

初めの一週間だけ、二人は仕事を休んで新しい生活の基盤づくりをしつつ、喜びの力に身を任せました。私たちは若かった、性の力動をコントロールすることなどできないと思われたほどでした。夜となく昼となく、私たちは抱き合った、身体が融けてしまうかと思われるほどに。でも、避妊はしました、彼はいやがったけれど。熱情がまさっている場合の性交渉は、女性のほうでコントロールしないと駄目、男はコントロールという言葉をいやがるのよ。気をつけて、あなた。リスクをしょいこむのは女だから。彼はわかってくれました。一週間の休みを、ひと月にでも延ばしたいぐらいだった。目くるめく体験だったわ。その一方で、ふたりの生活用品を点検して、六畳ひと間に収まるように整理したの。ふたりの本を合せたら、戦後の代表的な思想家の物を中心に、五十冊ぐらい同じ本があったので笑ったわ。ふたりが一緒になることで世界を狭くしちゃいけないと話し合いました。思想はツーカーだけで済んじゃお終いですから。

生活は順調に滑り出し、彼も私もアルバイトの時間を少しだけ削って勉強に力を入れました。お互いで教え合って能率も上ったわ。時どきは彼から、卒業論文のインスピレーションを受け取ることもあって。英語だって彼は読解力では私に負けないほど。経済学の原書を読んでいたから。

問題は就職でした。大学院に残ったら、という教授のすすめもあったけれどそれは私には考えられなかった、社会に出て、しっかりとした生活の基盤をつくることこそが私の求めているものだったから。もはや私ひとりのことでなく、彼との関係においても、それは急務でした。結婚を、私は考えていました。ジャーナリズム志望でした。内定していた放送局から、取消しの通知が来たときはやっぱりショックだったわ。理由は教えてもらえなかった、彼とのことだとしか考えられなかったのでつらい気持でした。でも、それが理由なら、私は胸を張って甘受する、そう思いました。自分で選んだ道ですから。それに、ほかに受けた会社も有望だったんです。大手出版社と、今勤めている英字新聞社ね。どちらも面接で確かな手応えがあったので、楽観していましたけれど放送局のようなことがあったらと、一抹の不安は抱いていたの。結局私は英字新聞社を選び、心配していたこともなく、入社しました。

私は、考えていたことを実行しようとしていました。彼のアルバイトのことよ。彼も教養課程を終えて専攻に上っていたので、アルバイトを止めて勉強に集中してほしかった、教職をとるというハードルもあったから。初任給ではかつがつだけど生活していけたの。彼のアルバイト料と合わせればゆとりのある生活ができました。たまに二人で、私の好きな歌舞伎を見に行くこともできる、最小限必要なもの以外に、楽しみのための本を買うこともできる、二人揃っての晩い夕食も時どきは豪華なものにできる、それは大きな魅力でした。でも、アルバイトを止めてもらいたい気持ちのほうが強かったわ。勉強を中途半端に終わらせてもらいたくなかったのよ。あと二年か三年、みっちり勉強して生涯にわたるたたかいの武器としての、彼自身の学問を身につけて欲しいと思ったの。大学卒業という肩書きに未練があったわけではありません。私も彼も、日本の大学教育の現状にはありあまる程の批判を持っていました。私が家庭教師で教えた多くの子供たちのように、いい大学に入っていい就職をするのが目的なら、大学批判は不必要ですけれど。そう……、私たちは矛盾のただ中にいました。教育ママか世話女房になったかのような自責は常にありました。折角入った大学だから、卒業だけはしてほしいという単純な思いがふと萌すとき、その自責は大きいものになったんです。そう、その裏には、卒業させてやりたいという気持ちが張りついていたから。

打ち寄せてくる支配のための学問の波に抵抗して、彼自身の、私たちのたたかいの学問、抽象的でごめんなさい、虐げられた者を解放する、彼は経済学部だったからその見通しは持ち得たと思います、ある程度、そんな学問を身につけてほしかったし、もちろん彼にも大いにその意欲はありました。ただ、彼は活動と勉強のはざまで悩んでいました。学んだことを活動に役立てたい、それがいく分かはできる情勢でした。そしてウエイトを運動の方に傾けていっているようでした。私としてはその逆であってほしかった、ナンセンスと言われるかもしれないけれど。でも、本当にナンセンスかしら。彼はショッカク、職業革命家になるかも知れないと言ってました。それはまだ先、大学を卒業してからのことでしたけれど。私は職業を持って普通の市民としてたたかってほしかったの。それが出来る人だったから。さっきも言ったように党派の勢力抗争や党派間の争いは消耗なだけだわ。彼に、それ以上党派のことにのめり込んでもらいたくないというのが私の正直な気持でしたけれど、初めはあまり強くそれを主張しませんでした。彼の打ちこみ方は、本当に真剣で、打算のないものであったのでしたから。

矛盾が私の内側でも渦を巻いていました。さっき言った、女性が大学へ行くのは両刃の剣という女子高生の意見も、そのままでは未熟なもので、女性の社会的身分を低いままに押しとどめかねません。でも、大多数の大学へ行かない女性との差、距離が拡がってしまうことへの懸念もある。私は大学を出たおかげでいい就職ができた、胸を張るだけではすまされない思いもあって……。彼にも、安定した職業に就いてもらいたいという思いが萌すこともあり、そんな時私は罪の意識を抱き、悩みました。それじゃあ、彼が党派の専従になるか、不安定な収入の低い職業に就くのを望んでいるの、と私は自分に問いかけました。そうではない。そうではないけれど、いわゆるいい就職の過程で、抑圧された人々への思いや体制への批判精神が知らない間に眠りこまされるのが怖かったの。彼に限ってそんなことはないと思い、彼に限ってという発想がすでに小ブル的なものにおちこんでいるのだという自分への批判もある。

乱れる思いを断ち切って、ともかく私は切り出したの、五月の晴れた日曜日、都心のデパートへ印象派の展覧会を見に行った帰りの喫茶店で。印象派は彼の好み。いつも彼が、学割の前売券を二枚買っといてくれたわ。

苦いブラックコーヒーを飲みながら、私は単刀直入にぶつけたわ、アルバイト止めたって。彼は最初訝しげでした。折角少しゆとりが出てきたところじゃないか、きみにだけ稼がせておくわけにはいかないよ、慣れた仕事だ苦にはしていない。苦にならないと言っても、授業の後の厨房での四時間の労働はきつい、晩く帰ってきて食事もとらずに着替えもせずに眠りこんでしまうことがしばしばありましたから。私はもう理論めいたことを言うまいと思っていました、あなたとふたりだけの時間をもっとふんだんに持ちたいのだとその思いだけ彼に投げかけました。それが私の真情、真情の核にあるもの。かけがえのないものは私たちの時。長い沈黙がありました。沈黙、それよ、私たちに足りなかったのは。ふたりの間は言葉に充ちていて、隙間がないぐらい、それを充実と呼んでみても、指の間からこぼれていってしまうものがある、ふたりを包むアトモスフェアー。沈黙には強い力があるわ。言葉によらないでコミュニケーションできる、充実した沈黙の時が、私たちにはあまりにも少なかったことを、私はその時しみじみとした思いで感じていた。彼の言葉を待つ間、私は沈黙を巡っての形而上的な思索に耽っていました。あふれる思いを抱いて沈黙することは、何としばしば心を潤わせることでしょう。沈黙の技術を自らの心の財産にしようと私は念じていました。

やめるよ、はにかむように微笑みながら、彼は口を開きました。ぎりぎりの生活でいい、ふたりの、ふたりだけの時間をもっと持つことこそが、豊かな生活だ、きみに同意するよ、と。あまりにもあっけないほどでした。付帯条件はなかった、純粋に、ふたりだけの時間を得るために、私の提案は受け入れられたんです。私は右手を差し伸べ、彼は両手で熱く包んでくれました。経済的には貧しくとも豊かなふたりの生活が始まるのだ、私も熱くなりました。これまでのふたりの共棲は流れだった、ストイックなものではありましたけれど。これからは、これからのふたりの共同生活は、意志的な生活の建設というものにならなければならないはずでした。

彼の卒業までの、ゆとりはないと見通される経済的基盤の上で、いかに豊かに日々を過し得るかが、すぐにも始まる課題だったの。ふたりとも勉強はしましたから、良かったわ。彼は私のペーパーバックで英米文学を盛んに読んでいましたし、足りなければ都心や古本屋街などに出かけて気に入った作家のペーパーバックを追いかけていました。私は私で、彼への経済学上の具体的な質問をいつも用意していました。それに答えるためには彼の持ち合わせの知識で、とばかりはいかなくって、彼は自分の勉強に拍車をかけていたわ。

ああ、窓きれいになったわね、おふたりさん、ご苦労さま。私、気にならなかったのよ、だめよね。コーヒーをどうぞ。

それから私の英字新聞社への入社という大きな出来事がありました。私は最初から、第一線でなくていいという気持ちを包み込んで、時間的に規則正しい職を望んでおいたんです。美術担当に配属になって、私はよかったと思いました。社会部や政治部のように夜うち朝がけではありませんでしたし、私のささやかな美術鑑賞の蓄積が役に立ったので。基本的な骨組みはできていると思っていましたから勉強しながら肉付けをしていけばいいと考えたのです。仕事は、あえてそう言いますけど、予想通りシビアでした。やりがいがあった。のめりこむことへのチェックが日課でした。ふたりの生活をおろそかにする気持ちはこれっぽっちもありませんでした。生活の設計を私はきびしく尊いものだと考え続けていました。崩れていく要素はほとんどなかったと思うの。彼も確実に単位を取っていましたしね。

ただ、ふたりの勉強のあとの深夜の憩いの時に、ときおり彼の疑問がもれ初めたのでした。今頃では珍しくもないことですけれど、学問の自己目的化への疑問、そしてそうやって肥大していく学問が国家の支配系に有用な道具になっているということ。正論です。人民のための学問、ということを彼はいつも言っていました。真剣に職業革命家になることを模索し続けていた彼としては当然のことでした。学問の体系から、蓄積された資料、そして方法論に至るまで、支配体系に従属しているという認識が、彼を深いまどいの中につき入れていました。大学をやめて独学でいきたいともらすようになったんです。私は反対しました。大衆社会の中で大学のエリート性はほんとうに低くなっているし、独学になったとたん、その学問の性格が人民の学問になるものでもないでしょう。もし自分の手をきれいにしておくことだけにこだわるのだとしたらおかしいわ。多少なりとも汚れた手を、しっかり見つめて認識することこそ勁いことと私は励まし続けたんです。われながらねばり強かったと思うわ。共感の力でした。

とりあえずの危機はこえた。私は静かに画集を眺める時間がとれるようにさえなりました。美術の奥は深いし、画集ってものは高いし、いつも充分には満たされませんでしたけれど。

しばらくの安定がありました。私は、ある条件の中では安定を求めることを恥しいとは思っていないの。不安に骨を噛まれることを誇りにしたくはないわ。そう、心の安定はとても大切なこと。その当初は、いつまで続くだろうという疑いはなかった。生活の設計にはかなりの自信があったのよ。経済的基盤は充分ではなかったけれど、家庭、そう家庭は家事、勉強、そして避妊に至るまで、話し合い、考え抜いて形成していました。私は自信があります。悔いはないわ。

あ、おひるね、カレーだったわね。ジャガイモと人参はあったから玉葱と、そうね、牛肉にしましょうか。ね、若いカップル、お買いものに行ってきて。会計にお金出してもらって。私も二千円カンパするわ。お肉たくさん買ってらっしゃいね。

私の話はこのへんにしましょ。終結。終結は来ました。男の人は、体制であれ反体制であれヒエラルヒーの中に身を置くとだめだということ。当り前のことみたいですけれど、ね。

五、日のたゆたい

出かけるふたりに、リーダーが珍しく口を開いて「早目に帰ってらっしゃい」と母親めいた世帯じみたことを言った。

男は女の腰に右手をまわす。

「ねえ、ちょっとおもしろいと思うんだけどね、リーダーのことみんな戦闘的だとかいうけどね、きのうの演説聞いてても、先月のパネルディスカッションを聞いたときもそうだったんだが、攻撃性はたしかに感じるけど、ね。ほら、ちょっとした語尾やなんかに、すごくコケティッシュなものを感じるよ、おれは。口調やまなざしにね」

「あら、わかったの。そうなのよ。私もメンバーの何人かに話したのよ。でも、気付いてなかった」

「媚っていうんじゃないんだけれどね、男に対する。なんていうんだろ婀娜(あだ)っていったら当ってるかも知れない。本人はね、きっと自覚してないんだよ自分の婀娜っぽさをね」

「あなたのね、そんな感覚が貴重なのよ。私は、だから離れられないわ。批評なのよ、存在が。私たちの運動に対してもね」

「おれは、まあ、直感でものを言ってるだけだけど」

「いいの、それで。変に理論構築しないで、直感のゲリラ戦をやってくれればいいのよ。理論になってしまうときに失われるきらめきはもったいないわ」

住宅街の裏通りに人かげはなかった。男は立ち止まり、女を自分に正対させる。女の目をのぞきこむ。その表情に、女は男の所有欲を感じとってしまう。女は心のうちでそれをやんわりと拒否する。私を所有するのは私だけ。共に生きることはする。所有はされない。男が顔を近づける。女は、それを拒まない。唇は重ね合わせられる。男の舌が女の歯をなぞり、強く舌を吸い、しばらくすると今度は自分の舌を深くさし込む。両手は、すでに女の体の各所をまさぐっている。まったく、最初が始まればとどめがない、私がヘゲモニーをとらなきゃいけないんだ。

「ねえ、買い物をさきにすませましょ。アパートさがしがあるのよ、しっかりして。私たちも生活の設計が始まるのよ。それともあなたはただロマン的な恋を求めているだけなのかしら」

「ぼくはね、生活はきちんとリアリズムでまとめ上げたいと思っているよ」

「あぶなっかしいわ。批評家としては大したものですけどね」

「批評家だなんて思ってもいないね」

スーパーマーケットを避けてふたりは八百屋と肉屋に寄った。どちらも客はまばらだった。女はふたつの店で値切ってうまくそれに成功した。女が値切っているあいだ中、男は右手で、長い女の髪を梳いていた。なめらかな指通りと、何のものかわからない香りに、男はもう一歩で恍惚となってしまうところだった。彼は気をとりなおす。おれはいつも冷静でなきゃあいけないんだ。揚げたてのコロッケ、一個十円。

「コロッケいじった指で髪にさわらないでね」

「オーケー、髪は女の命だからね」

「本気で言ってるみたいでかわいいわよ」

肉屋のおやじが笑い出した。

「おふたりさん、熱くてしょうがねえや。ニクいねえ、お姉さんにコロッケ一個おまけしとこう」

「あら、ありがとう、いただきます。今気がついたけど、おじさんいい男ねえ、苦味走ってて」

わざというのだ、男をじらすために。ほんの軽口とわかっていても男はたまらない。おやじは乗ってくる。

「それほどでもないや、それよりお姉さんこそ、ぞくっとさせるぜ。お兄さん、はらはらしどおしだろうよ」

男はもうたまらない。爆発しそうになる。それを見はからって、女は宥めの微笑を男に与える、ふたりだけにわかる……。

「大丈夫よ、おじさん、私たちは」

千万語はいらない、男は落着きをとり戻す。かわいいもんだわ、女は思い、いいえそんなふうに思っちゃいけないわと反省する。

「そうこなくっちゃね。お姉さん、お姉さんみたいな美人には男は何でもいいこと言うからね、そりゃあもう、途方もないからねえ、気を付けすぎるこたぁない。お兄さん、ほら、安心して。大勢でお昼のようだけど、食い盛りだろ、メンチひとつつまんでいきなさいよ、うちの大きなマッチおまけだ。ほら、団扇も二枚つけちゃおう」

「おじさん、ほんとにいい人、ありがとうございます」

男はやっと、

「どうもありがとう」

とだけ言った。

梅雨の合い間の陽光がまぶしかった。女は朝、コレクティヴで薄手のクリーム色のブラウスに着換えていて、胴の線が浮き上がって見えた。男は気が気でなかった。誰にも決して見せたくない。女の方が自由だったと言ってみてもよい。とりあえず。それを自由だと言いっぱなしにしてすむことではないと言う留保が男にはたしかにあったのも事実である。秘め事の感覚がむしろ男の方にある。男はその感覚を手放すまいと心のうちに確認する。

「あなたはね、結婚に憧れてるのよ。どんな憧れかしらね。女性経験も豊かじゃないし」

「そうだよ、おれはきみひとりしかしらない。それがどうしたんだ、充分だよ。いや、むしろ、おれはきみの心とからだの中で、十分な女性体験をいま、展開しているんだ」

「結婚って生活よ、わかってるかしら」

「もちろんだよ。料理もする、洗濯だってやるよ」

「あら、生活って炊事洗濯のことなのかしら」

「いや……」

「生活ってね、とっても散文的なものじゃないかしら。燃え上ってばかりはいられないものでしょ。私はね、あなたほどには燃えてないの。あなたは……、そう、私が初めての女だから、そんなに純に燃えてるのじゃあないの」

「それは……、わからない。ただ、おれはドン・ファンじゃない。女遍歴をたのしむタイプじゃない」

「私が何人の男を知っているかご存じ」

「知らない。知りたくはない、決して」

「ごめんなさい、つい」

「いいんだ、全然知らないわけじゃない。ただ、男遍歴はおれで終りにしてもらいたいんだ」

「私には自信がないわ」

「あのねえ、きのうのデモのあとで、あいつに会っただろう」

男と女が、女の隊列での、デモ後の小集会で寄り添っているとき、赤いヘルメットの学生が近寄ってきて、しばらくふたりと睨み合う形になった。女が、彼よ、とささやいた。彼という呼び名には、男は抵抗があった。今はもう、おれだけの。しかし、その赤ヘルメットの男が、女のつい最近までの恋人だということはわかっていた。赤ヘルメットは男を改めて睨みすえて、きみは党と人民の間で苦しんだことがあるか、と問うた。男は自己の内部を確かめるように、ないね、全くないと答えたのだった。

「あいつ、あんなことおれに尋いて。おれがパルタイじゃないの知ってるくせにね。フエアじゃないよ。きみを返せって率直に言えばよかったんじゃないか」

「そうね、よろってるのよ、心を」

「うん」

「ベッドの中以外ではね」

「やめろ、やめてくれ。きみが他の男とベッドにいるのを想像したくない」

「でもね、いろんな男と性交渉を持ってきて、今の私がいるの。それは消し去ることができないこと」

「受け止めるよ。苦しいよ、でも」

「ごめんなさい、でもあたしはそうなの」

「苦しいなあ。苦しいなあ。でもね、おれはきみの最後の男になってみせるよ。でね、きのう彼が党と人民の間でどんなに苦しんだかって言ったとき、おれは別の答えを用意していたんだ」

「きかせて」

「おれはね、短期間しかパルタイにいなかった。しかも高校生組織だった、それに党派の官僚性への批判は抱き続けていたから、党と人民っていう発想はもともとないんだよ。おれが言いたかったのはね、きみはことばと存在の間で苦しんだことがあるかってことだったんだよ」

「いいわ、それこそあなたらしいわよ。彼、なんて答えたかしらね」

「さあねえ、心をよろってる奴だから、ねえ」

「そうよ、いいカウンターパンチだわ。彼きっと答えられなかったわよ。そんなこと考えたことのない人だから」

「いや、それは……」

と言って男は考えこむ表情をした。しばしの沈黙が続いた。女は怪訝に思う。立ち止まるところじゃないんじゃないの。

「いや、それは、きっとちがう。男ってのはどこかで、ことばと存在の間で躓く体験がきっとあるんだ。それを抱き続けるかどうかは別にして。たとえ無意識にでも」

「女は、女はなぜ……」

女はふととまどいを見せ、男がおっかぶせるように言う。

「女は違う。女と男は違う」

「あたしだってことばと……」

「一部だ、ほんのひと握りだ。女は……。女はしあわせなんだ」

「差別者よ、あなたは。差別者だからこそ愛さずにいられないことってあるんだわ。だれに理解されなくたっていいわ」

女は男の腰に手をまわす。男は女の頭をかかえる。

「抱きたい、いま、ここで」

「ひと気がないわね。まるでけものみたいだわ。あら、ほんとうに発情してる」

「そうだよ、おれはいつも発情しているんだ、きみを意識している限り。きみという存在がある限りね」

「だめよ。結婚は別にして、あなたはMさんやYさんとの関係も体験しなければいけないわ。あの人たちがあなたの下宿を尋ねた潜在意識がわからないわけじゃないでしょ。たたけよさらば開かれん、よ。フィジカルなことに関しては、私は食前酒でいいのよ」

「きみはね、冷えてるよ」

「からだはホットだわ」

「いったいだれに向ってそうなんだ。きみはおれを」

「愛しているわ、そう、あなただけを」

男はいら立つ。黙ってというかわりに唇をふさぐ。首筋に赤い刻印をつける。女はふと、所有、と思う。ひたり込めないことに、彼女もいら立ちを感じる。その後ろめたさが、女のからだの力を抜かせ、男のほうへ重心をあずけさせる。今だけは……。

「きみね」

男は少しさめている。

「デモの解散のすぐあとで、メンバーのひとりと耳打ちしてたね」

「あら」

「おれ、目で追ってたよ、ずっと」

「男もすなる……」

「立小便なるものを女もしてみんとて、やったのかい。あんな近くの植え込みの陰で」

女は考えこむように俯く。上体は男に預けたままだ。

「上半身は木の葉越しに見えてたんだよ。何人も見てる奴らがいたよ。笑い合ってる連中も。おれはね、きみのそういう無防備さがたまらないんだよ。いつも言ってるじゃないか、革命的警戒心を忘れるなって」

「保身……」

「保身じゃあない。権力に利用される可能性のあらゆることを警戒するんだ。きみは軽率すぎるよ。男がするから女もするのか、何のために」

「解放よ」

「ばかばかしい。女が男に近くなることがきみの解放だっていうのか」

「それをね、私は否定しないのよ。男の領域を食いつくしたいのよ。立小便と女を妊ませること以外に、男にしかできないことってそうそうあるとは思えないわ。やったってこと、示したってこと。視線は感じてたわよ」

「おれはね、たまらなかったよ」

「あなただけの前だったらよかったの」

「ばかな。そんな所有欲云々の問題じゃないよ。美しくないんだよ」

「慣れじゃないかしら。文化の違いもあるわね。映画で見た女優の雪の中の立小便シーンは美しかったわ。街中に小便桶を置いて、肥料にする都市もあったというわ」

「突出して、さらに孤立してしまって、文化が産み出せるとは思えないね。土壌がないところには」

「保守的な発想ね。私は最初から結果を憂えることはしないわ。見る前に跳ぶのよ。あなた好きじゃないの、あの小説」

「おれは一度だけ言っておく。おれはきみを愛している。きみの思想に尊敬の心を抱いている。だが、立小便だけは別だ。他人の視線を意識しての立小便なんて最低だ。どんな理屈をつけたって軽蔑する」

「わかったわ。一回性のことなの。シンボルなのよ」

「もう言うことはないね」

男は歩き出す。バスケット・シューズで小石を蹴る。陽差しの強い住宅街に石の音がしばし響く。女は斜め後ろからゆっくり歩み始める。男は野菜の、女は牛肉の袋を下げている。わが肉、と男は呟く。住宅街に昼餉の煙が立つわけではない。あいかわらずひと気がない。男は、南欧の画家のメランコリックな構図をふと思い浮かべる。画布の上で形而上学とたわむれる三文絵描きめ、おれはお前がきらいだ。お前はほんとは肉感的なだけが取柄なんだよ、あのダリヤはすばらしい。午後はアパートさがしだ。二部屋ほしいけどなあ、六畳一間でもしょうがないか。

「ねえ」

女が違った口調で話しかける。違った口調で、だ。ふたりが親密になってから三カ月、ふたりの距離があまりにも近すぎたので、ふたりはまだ呼び名すら決めていない。むしろ、姓でも名でも、呼んでしまってからどぎまぎしてしまう。ふっと息を吐けば応えがすぐにも届くのだったから。呼びかける必要すらなかったのだったから。

「ねえ、家財道具はなるべく減らしましょ、シンプルな生活をするのよ、つましい暮らしがスタートにはふさわしいわ。六畳ひと間から始めるの、贅沢に向って攻め上げてゆくのよ。それより精神的な自由をしっかり確保しましょ」

「そうだね、ぼくのアルバイトもどうなるかわからないし。働くよ」

「勉強を忘れないで。あえていいますけど受験勉強ってことよ。それ以外の勉強ならあなたはいつもやってる人だから。二浪なんだから今度は落とさないでね。私も大学にはいってみて、二カ月の間にいろんな体験をしたわ。大海なのよ、大学は」

「世間の方が広いさ」

「それはそうよ。でも、こんなに集約的に何かを考えている人間が集っているところは他にないわ」

「その装置を壊せなかったから。知の集積のダムを破壊して街へ村へ山へ島へ、洪水を起こさせることに、おれたちは失敗したのだったから……」

「だから乗り込むのよ。体系的な知に反抗の体系で釣り合おうとするんじゃなくて、身軽なゲリラとしてよ。いただけるものはいただく、くれないものは奪いとるのよ。骨までしゃぶるのよ」

「ミイラ取りがミイラになるってことだってあるよ」

「さっきの両刃の剣の話ね。私はたしかに高校生があそこまで考えたっていうのは素晴しいと思うわ。でもね、そこまでかしら。スタティックに存在している両刃の剣を恐れすぎてはいないかしら。両刃の剣をどう握るかよ。運動のダイナミズムの中で敵に切り込む武器になりうるわ。肉を切らせて骨を切るということではなくてね。それと、あなたはずっと持ち続けているみたいだけど、大学生のエリート性への罪障感、その錘を肥大させていくのはやめたほうがいいと思います。彼女はさっき大衆化社会の中でと言ったわね。私は違った意味で。通過儀礼だと思うのよ。何か差別性を負わされてると思うなら、しょいこんで、あとで返せばいいと思う。あなたが大学生になることに、過大な意味を読みとる人はあなた以外にいないいんじゃないかしら。あなたは心が重いのよ」

「……」

「社研の部長さん、これから生活が始まるのよ。ふたりの、ね。装いは軽やかなほうがいいんじゃないかしら。反戦会議の議長、さん」

「きみにキスするよ、百万も、千万も」

「うれしいわ。私もあなたに全身にキスして、そして抱きしめるわ」

「生活だ、生活が始まるんだ」

「恋愛が終わるのよ、覚悟はできてますか」

「み月だったね。充分だよ。おれは……、イエスであり、ノーだ。恋は終わるかも知れない、いや、それだって終らないかも知れないじゃないか、そして、愛は終らないよ、きっと」

「尊重します」

「ありがとう。おれだって、ちゃんと散文的に考えているつもりだから、そこは安心してくれていいよ」

「ありがとう。散文的なコレクティヴよ。散文的なカレーを食べましょ」

ふたりはドアの中へ消えた。

六、室内

住宅街の静けさから、コレクティヴに足を踏み入れると、そこは街頭のようなにぎわいだった。笑いさざめきと議論の声と、どうやらグループの活動についての電話取材への受け応えと。ひそやかな声はここにはない。

女たちは喉をくつろげて語らい笑っている。男は、女たちの声をヨーロッパの聖歌のように聞きなした。耳に逆らうのではないが、攻撃性を内に秘めた刺激として男の心に撃ちかかってくる。力をこめて、男はそれを迎える。そして皆の上に癒しの光が降りそそぐ。一場がしっとりと濡れる、と思う間もなく色とりどりの女たちの笑いが爆ぜかえる。男は笑われているのを感じて口を開けて笑う。一番長身の黒縁眼鏡のメンバーが無表情に、遅かったわねと言う。

お帰りなさい、ご飯はもうすぐ炊けるわよ、あらたくさんのお肉と玉葱、たっぷりね、カレエ、ラ、イ、スと南の島の少女がはしゃぐ、あたしも手伝うわ。右足の甲に湿布をしたメンバーが、大勢だとカレーライスなんて発想が貧困じゃあないかしらと言ったのでまた笑いの揺り返しがきたのだが、発案者のタイピストはおおらかな微笑みを絶やすというのではなかった。女はそれを見逃さず、母性を読みとってしまって小さな惑乱を覚える。母性の宥めほどに、彼女の価値観を揺るがせるものは他にないと言ってよい。彼女は自分が子宮を持っていることが、何かとり返しのつかぬことであるかのように感じている。私は今も、無意識にあの突起をこのからだに欲しがっているのかも知れない、そんなことどうに越えてきたと思っていたのだったのに。何なのよこの混乱は。私は、私たちは、男になろうとする女じゃない。その歯どめはきちんとしておかなければいけないことだ。でも、既成の女固有と男固有をつき崩すことはぜひやらなくちゃならない仕事。私の立小便の象徴性を理解してくれる人がだあれもいなくってもいいわ。みんなが笑ったって。私だっていっしょに笑っていい。それより母性の問題こそ深刻だ。遠く軍国の母へとつながっていく、この上なく哀しい被害者であり、許しがたく加害者である母性、理性を越えて包容してしまう子宮。私がなぜ避妊を続けるのか、彼はわかってくれないだろう、そして落とし穴は、私が話せばきっと彼はわかってくれるだろうということなのだ。いともたやすく理解を示すだろう、何なの、あなたのその柔軟性は。

一服つけた男が、玉葱むこうかと言ってキッチンに歩み寄るのを、哄笑がとどめる。わかったわよ、もう。一瞬の爆発じゃないのよ、持続こそ力よ。ちょっと何もしないように柱に縛っときなさいよ。アパートさがしに行くんでしょう。たしかにね、一応いい線いってると思うけど、あたしはすぐには信用しないわよ、知っておいてね。わかりました。それよ、その、すぐに何でもわかるのが怪しいのよ。オ、ラ、ラ。

タイピストはもう玉葱を刻んでいる。ここにふと、陽炎のように家庭の像が消えがてにゆらめくように女は感じ、メンバーを見渡すのだが、その視線は結局は男の顔に止まる。詰まる所。メンバーそれぞれは長期に見れば離合集散する者であって、たまさかの憩いに家庭の擬態を示し合ってもいい、だが、男は、男だけは。家庭の幸福の演者であってもらいたくはないのだ。これから始まろうとするふたりの共同生活をむざむざと家庭愛という既成のすすぼけた幸福へと手渡したくはない。そこへ向かっているのよ、私たちは。そこで私は否認者を演じるだろう。否定し続ける者、否定の否定、否定の否定の否定者、現場そのものにおいて、火を避けることなく私は進むだろう、否定に安んずる者をさらに否定することによって既存の価値系にしがみつく者たちに石もて嘲られても、私の否認は炎。

それが、今、十九歳を迎えようとしている私の、しんと静もる心だ。男の笑みは私の炎に耐えることをするだろうか。

女は思念を断ち切って、タバコを揉み消し、唾を飲みこんでから、おもむろに口を開き、よく通る、明瞭な声で言う。私、この人が夜中に酒買って来いって言ったら酒屋に駆けて行ってたたき起こして買って来るわ。言って眼を細める。針一本、床に落ちても響くような沈黙が支配する。黒いジーンズのメンバーがしばらく口を開けていた後、あなた自分で何を言ったのかわかってるんでしょうねと、女に棘の詰問を投げる。よおくわかっているわ。私、どんな逆説的な状況にも耐える力があると思うの。

耐える、だって。男支配に耐えるんだって。いいえ、私は状況に耐えるのよ。男支配云々じゃないわ、女の役割というようなことでもないわ、あえて言えば世話女房かしら。あら、何よ、ナンセンスじゃない、それ。薄化粧のメンバーが叫び、南の島の少女もカレーづくりの手伝いの手を止めてきっとなって女を見た。とまどっているのは男で、女は笑みを崩さない。まったく、あきれたわこの人。

酒屋をたたき起こすのってひょっとしたら楽しいかも知れないわよね、リーダーがゆっくりと言った、でも世話女房っていうのはどうかしらね、コレクティヴにおける爆弾発言ってところね。

男は思いもかけぬ展開に一場を目を瞠って眺めわたしながらじっとしている。黒縁眼鏡にショートヘアのメンバーが女を見据え、口を開く。あなた、何か錯覚してるようね、突出した発言をわざとして私たちを混乱させようってしてるんじゃないの。それとも彼への露骨なモーションかしらねえ。私たちは、少なくとも私は、このコレクティヴであなたたちふたりを無条件に受け容れているわけではないのよ。あくまでも、ゆうべの集会とデモのあとで電車がなくなったからという理由の緊急避難にしかすぎないんですからね。そこはきちんと押さえておいてほしいの。起きたら出ていってもらうべきだと私はずっと思ってました。あなたたちもちょっと甘すぎるんじゃないかしらねえ。反戦という同じ目的のデモだったからっていってもね。そして女性解放に理解あるふるまいや発言を私たちにして見せたからっていうのかしら。私たち、そういう男にこそしたたかにならなくちゃならないんじゃないの。そうじゃないかしら。敵は、あえて敵と言いますけどね、敵はとことんまで巧妙なのよ。私が男にだまされた経験のある人間だからっていうだけでこんなことを言うんだと思う人はいないと信じますけどね。とにかく、世話女房なんていう異質の価値観を持ちこんでちょっとしたショックを与えて、私たちがあわてるのを楽しもうとしたんじゃないかと思うんだけどね、感心しないわね、そういういたずら心は。私、うんと好意的に言ってるんですよ、わかると思うけど。自己批判を求めようとは思わないわ。でもね、家庭的ないい女房って役割を、あなた、冗談にも無批判に受け容れようとするの。どんなにか男は喜ぶでしょうね。ねえ、きみ。

男はさきほどからどぎまぎしながら聞きいっていたのだが、そして自分の居場所がどうもなくなりつつあるように感じていたのだったが、話が自分自身につきつけられてきたので進退谷まってしまった。世話女房も悪くないとは言い出せなかった。言ってみてやろうかと思わないでもなかったが。タニマッたな、これは、心中で呟いて出口をさがした。どうやらカレーは出来あがったらしい。ガス台の傍でタイピストはゆったりと、微笑すらうかべている。それが転瞬の間、男に心をたて直すゆとりを与えた。

こないだ、やったんです、ほんとに、あったことなんですよ、世話女房かどうかは別にしてね。ぼくの三畳間でホルモン炒めを肴にふたりで飲んだんですよ。十二時をまわった頃に酒が切れましてね、ぼくは飲みながらうたいを、そう謡曲をね、うたってたんですよ。何曲かうたってちょうど興が乗ってきたところでした。ガス欠ですよ。もっと聞きたいって彼女がぼおっと赤らんだ顔して言うもんだから、じゃあもう一升、酒だってことになってね。正坐から立上がろうとしてしびれを、四つんばいになって取ろうとしているうちに、彼女がとび出していっちゃって、ほんとに酒屋をたたき起して二級酒の一升壜を買ってきちゃったってわけですよ、ぼくの見るところによれば、彼女喜んでやってたようです。なにしろ、これからいい曲を謡おうと、老いた奴が高貴な女性の姿をもう一度見たさに大きな石を百夜運ぶという恋の苦しみを描いた曲をね、彼女はひどく聞きたがったんですよ、これからという時だったからね、ガソリン補給に否やはなかったってわけですよ。いたずら心というなら、夜中に酒屋をたたき起こすという行為そのものにあったと思いますね。そういうことが彼女は好きで、初め相手を怒らせて、すっと懐にとび込んで、最後には共感の笑いを引き出してしまう、そんな才能が、どうやら彼女にはあるようなんだよ。

問題の世話女房ですけどね、ひとことで言ってアイロニーですよ。あら、こんな場でアイロニーなんて変じゃないかしら。右足の甲に湿布をした小柄なメンバーが疑問の声をあげた、こんな時のアイロニカルな言葉ってしょせんはいたずら心に基づいているものじゃないかと私には思えるけれど。なぜ彼女がアイロニーを用いたか、そこにどうか想像力を働かせて下さい、みなさん。彼女は自分の中の良妻賢母性に痛いほど気づいているんです。彼女は、こんなこと言えば彼女はいやがるでしょうけれど彼女は、世間的にいってごく普通のいわゆるいい家庭の娘です。おそらくほんの二、三年、いやもっと最近まで、そのいい家庭に対して疑問を抱いてなかったんじゃないかと思う。ぼくには具体的な印象もありますよ、それについては。親から見て悪い娘になろうとつっぱしったこともあったらしいのは、同じ高校の一年上級、それもしじゅうデモや集会に参加する同志として知り合ってから長い期間の後にならなければ知らなかったんです。お互いの私生活には、顔をそむけるようにさえして、のぞきこむことをしないという潔癖さを、ぼくらは持っていたんだと思う。それを首から上のイデオロギーと言って、プチブル性だと批判する人々もあったんだけどね。そしてその批判は、おれには切ないほどのものなんだ、笑われてもいいからおれは一度だけ言っておきますけどね、おれはつい最近まで童貞だったわけなんだけれど、彼女は、おれが高校を卒業するよりはるか前に、別の高校の生徒と肉体的な恋愛関係にはいっていたということなんですよ。おれはそんなこととはつゆ知らずにこの三年間つき合ってきたんです。くやしかったね、おれは、それを初めて知ったときには。今もそのくやしさはあります。ないと言ったら嘘になります。でも、ぼくたちは結婚するんだ。つき上げてくる喜びがあります。彼女の悩みを限りなく近く自分のものとし得ているだろうと思える今、ぼくは断言するけれど彼女は今、自分の母性と家庭性を持て扱っているんですよ。世話女房というのはね、そんな自分への自覚に発した、自分自身へ向けたアイロニーだということなんですよ。批評性、つき刺すような、自分への批評の言葉です。たしかに、発言の場所柄に対する配慮が充分でなかったんじゃないかということはある。しかし、発言の内実の切迫性だけは、皆さんに認めていただかなければ引き下がりませんよ。

あら、たいそう盛上げてくれるじゃない。黒ジーンズの創立メンバーが言った。そんな大げさな論理展開をするようなことかしらねえ。私は、問題はもっともっと簡単なことだと思う。それはね、母性を否定することよ、私は私の内なる母性を、きっぱり否定するわ。悩まないわよ。私の母の母性も、私自身の母性も、私にとっては手枷足枷（てかせ）にすぎない。アイロニーなんてそんな、蒼白いインテリくさいこと、ええ、そうよ、プチブルインテリね、闘争性を眠りこませるだけなんだわ。つけ込んでくるのよ、ほら、男がね、あなたの目の前の男が、よ。いじいじした言葉のあやはもうたくさん。私はこんな議論を聞いているともうほんとうにいい加減にしてってって言いたくなっちゃう。なんのために、いったい、私たちこの運動やってるのよ。きみ、長く居すぎたわね。しょうがないからカレー食べ終ったら出て行って下さいね。支配する性が私たちの運動にこれ以上介入するのはもう我慢できないわ、どんなに理解あるようなポーズをしてみせたってね。

ポーズじゃないわ、カレーの皿を配りながら女が反論した。彼のは、ポーズじゃあないわ。支配する性であることをしっかりと自覚している。そして、その上で、自分を変革しようとしてます。私もそうだわ、私は自分の母性をどうやって克服すべきか、今たたかっているのよ。しっかりした認識から私たちは出発するの。ゆるがせにできない、それが基盤だと思いませんか。個人差はほんとうに多様だとは思います。そう、あなたのようにさらっと母性の否定を言ってのけることのできるタイプもいいと思う、そして私なんかよりももっと母性にこだわっている、こだわらざるを得ない女たちは数知れない、いいえ、そんなことには全く無自覚な女が圧倒的に多数だってことを忘れるわけにはいかないでしょ。だから、私たちの運動には認識運動という側面が強いし、大切にしていかなければいけないことなんだわ。女たちがおかれている家庭の、居間の、寝室の、台所の状況に、人間関係に認識の強い光を与えること、ここから始まるのよ。いきなり打ちこわしから始まるんじゃないと思う。

いえちがうわ。否定よ、打ちこわしから始まるんだわ。家の否定、そして産む性の否定よ。当然私は結婚も否定する、子供を産むことなど考えない。性の自由は私が選択する。黒いジーンズのメンバーのトーンが少し高くなった。表情にはやや苛立ちが見えた。私はね、議論のための議論をしてるんじゃあないの、実存を賭けてるのよ。

よし、いいわよ。タイピストがほほえんだ。昼食の用意ができたわ、お肉たくさん、お野菜もたくさん、ちょっと辛目につくったわ。おなか空いたでしょ、たくさん召し上がれ、と母親的に言ってみようか。ねえみなさん。あら、ありがとう、ご苦労様。南の島の少女がちょうど帰って来て、息がはずんでいたのだが、彼女が買って来たものが福神漬とらっきょうの壜づめなのを見出して、男と女はおのがじし自分がうかれていたことを悟った。男は女にだけわかるように舌の先を出す。妊ませることのできる性なんてものを生まれたときから背負っちゃって、これだってけっこうやっかいなんだからなあ、悟られないように表情を変えずにそう思う。

議論中断よ、感情にせっつかれてするのでない限り、いつでも明晰にエレガントに再開できますからね。食事のあとでは批判を、でしょう。熱中しましょ、食べることに、私の手料理存分に味わってね。

男は三皿お替りをした。塁を摩したのはきのう機動隊員の喉に攻撃をしかけたメンバーだけであった。けだるい午後が始まろうとしていた。ふたたびコーヒーの香りが漂いそめた。今度はブルーマウンテンという声に、ないわよという応えが行き交い、ブラジルを挽く男を止めようとする者はもはや誰もいなかった。静かな室内。寡黙といっていいほどのピアノ曲が流れる。もはや東側の窓ガラスはきらきらした光を反射しない。八畳間の一部に陽光が届いている。メンバーのひとりがバッグから柿ピーの大きな袋を出して、大好物なのよと言いながらその袋を開いてテーブルの中央に置く。お茶受けである。

時は熟れ、しばしの茶飲み話のさざめきはそこがたたかう女たちの拠点であることを忘れさせるかのようである。

もちろんそれはいっときのことだ。きみ、そろそろ出ていってね。母性を強く否定する黒ジーンズのメンバーが、音楽に身を委ね眼を細めていた自分自身を叱咤するかのように言った。私たち、ちょっと甘すぎたようね。室内の人々はそれぞれに表情を引き締めるようである。静けさがよぎる。女は片付けの手順をするべく食器に目をやり、南の島の少女は男により添うかのようである。タバコをくゆらせているのは黒縁眼鏡のメンバーひとりだ。リーダーは手許のメモと男に等分に眼をやっている。男には動き出そうとする気配があって、今まで身をあずけていた寡黙なピアノのメロディーから自らの内部の律動へとわが身をひきとろうとするかに見える。皆が動きを待つ。

男はゆっくりを右手を挙げた。一瞬のためらいを断ち切るように、声を励まして、ではみなさん、ありがとうと言った。お世話になりました、今からふたりでアパートをさがしに行きます。女たちは、おのがじしそれぞれの動きを取り戻した。タイピストが、ビラの束を、とんと音をたててテーブルの上で揃える。そして一番上にあった一枚のわら半紙をかざすようにしながら、女に語りかける。私が引きとめる形になったようだわね、でももうしないわ、いいアパートが見つかりますように。ただね、ひとつだけ聞いておきたいのよ、これ、あなたが大学でまいたビラね、文章もあなたのものらしいわね。そうです、文案もカッティングもビラ入れもみんな私ひとりでやったんです。タイピストの眼をみつめながら女が言った。

これ繰り返し読んだわ。ずい分情緒的な、悪く言えばひとりよがりな文章だと思うけれど、今はそれは言わないことにしましょう。このセンテンスはどうかしらねえ、「私たち妊み産む者としておまんこを持つ性である女はつねに男に対して受け身という負性を負って存在することを余儀なくさせられてきた」……。機動隊員を攻撃したメンバーがナンセンスと鋭く叫び、室内は低くどよめいた。南の島の少女が顔を伏せた他はすべての視線が女に集中した。男も虚をつかれた表情で、浮かせていた腰を落ち着かせた。

自分自身をいやしめる表現でしょ、これは、と黒いジーンズのメンバー。男のなぐさみものでしかない言葉を、よりによってパブリックな表現の場で使うなんてどうかしてるわよ、男のなぐさみものの言葉を使って自分自身をいやしめおとしめることになるってことがわかってないのかしらねえ。私たちの運動っていったい何だと思ってるの、きちんと釈明してもらわなくっちゃあ。大学のキャンパスで男子学生にもまいたっていうんなら、変な好奇心を引こうとしたっていうことはないんでしょうね。

ありません。私は真面目にこの言葉使ったわ。濫用していませんし、するつもりもまたありません。でも、私にとってこれは大切な言葉だわ。むしろ、男に譲れないのよ、男から奪還すべき言葉なんだわ。私が、からだの中心に抱きしめているその器官を、あなたなら何て呼びますか。

性器とかヴァギナとか……。

私はね、男たちが高笑いし、薄笑いを泛べて口にするこの言葉をね、その好奇心の湿ったシチュエーションから奪い返して、抱きしめてきれいに洗ってやりたいのよ。あまりにも手垢で薄汚れてますからね、私たち自身の、かけがえのない大切なものなんじゃないの、ウェットに考えたくないんですよ。今はまだ男との会話の中では使えないけれど、ほんとうに大切なものとしてそれを指して会話できるような関係を形成すればいいわ。ヴァギナとか女性器とか言ってもいい、でも、もっと即物的な、息づいている言葉を使ってなぜいけないでしょう。

なんでもあけっぴろげにすることが女性解放かしらね、私たちはヌーディストの集まりじゃあないわ、とタイピスト。秘めるということがすべて美だと主張するのでもないけれど、なんでもあからさまであることが力強い価値だとは私には決して思えません。

ちょっと、私に引き取らせて。リーダーが両手をメンバーの全員にかざしかける。デリケートな内容を含んでいます。今度こそ男性抜きで議論する事柄です。きみが好奇心を高鳴らせているとは、もちろん言いませんけどね。ふたりでアパートさがしに行くんだから当の本人がいなくなるわけよね。先を争って結論を出すべき問題でもないから、これはペンディングにしておきましょうね。なるべく近いうちに討議することにしましょ。これからあしたの駅前でのビラ入れの準備を始めますけど、あなた、アパートさがしが一段落したら帰ってこられるかしら。いいえ、きみはいいの、きみはもういいの、手伝ってもらうことはありません。文案まわしまあす。順に読んで下さい。さあ、おふたりさん、お出かけなさい、悪くないと思うよ。

いってらっしゃい、黒縁眼鏡のメンバーが立ち上がる。はっきり言って私は不安よ。女に理解ある男ってものがね、そもそもいかがわしいの。男のエゴイズムが見えすいてる男たちのほうが単純でいいわよ。私はね、人間解放と階級闘争を唱える男たちの嘘とエゴイズムをつぶさに見て、つき合わされ巻きこまれて疲れ果てたのよ。たいていのことでは、私は男に対して、信じるとは言わないわ。でも、あなたが信じると言えるとしたら、それはひょっとしたらいいことなのかも知れないわ。まだ男に本当に深く裏切られ傷つけられていなくて今信じると言うことができ、これからも信じ続けることができるのなら。でも、不安です、私は本当に不安です。気をつけて、どうか気をつけて。

七、ながい午後

太陽は高かったが傾きかかっていた。男と女、いや女と男は、今、コレクティヴのドアを閉め、ふたりのための新しいドアを求めて歩み始めた。男はまぶしげに陽を仰ぐ。彼は自分の愛と熱意がほとんど殺意に近いものであることに気づかないわけにはいかない。

「元始、女性は実に太陽であった」

「真正の人であった。今、女性は月である」

「じゃあ、男は何だったんだ、元始においては」

「男も太陽だったのよ、男も女も真正の人だったのよ、自分自身によって生き、自分自身によって輝く……ね。自信はあるの」

女は髪に伸びる男の手をやんわりと振り払いながら問う。

「ある。真正の人として、真正の人であるきみを愛し続けるよ」

「ねえ、いい、これからふたりが始めようとしているのは生活というものよ、衣食住の喜びとその何倍もの塵労だわ。散文的な日々だわ」

「きみは醒めたようなことを言うね。でもおれはね、生活にしても衣食住にしても、その散文的な日々にしても、きみの口から聞くとむしろ陶酔を感じるね。そういったものをね、きみはむしろロマンティックに夢想してるんじゃないかってね。それはわかってる、おれのほうがより、ふたりで暮らしたいと思っていることはね。だから、役割なんだよ、きみが醒めた人間を受けもっているんだよ。そうだ、たしかにおれは女の、きみの、からだを知ったことで有頂天になってはいるが」

「神秘に通ずる唯一の門を精神集注という。禅からの影響らしいのよね」

「そんなもんかねえ。うん、神秘に通ずる唯一の門っていうのはきみが好みそうな言葉だね。まったく。いいかい、おれにとって神秘に通ずる唯一の門はきみだ、もっと言えばきみの肉体だ、乱暴な言い方になるけどね。おれはとらわれたんだ、にっちもさっちも行かない、正面しか道はないんだ、正面にはきみの肉体が立ちはだかっているんだ。一点突破全面展開だ、全力でぶつかっていくしかないんだよ」

「私のからだかも知れない。でもね、女のからだと言いかえられるものかも知れないのよ。任意の女xの……」

「ばかな。きみは、ぼくが君を愛しているほどにはきみはおれを愛してはいないと言おうとしているんだな、相互的なものじゃあないと」

「そうじゃないの。私も愛してるわ、あなたを。息がつまるほどに。とまどうわ、初めてよ、こんなことって。もっと女性を経験すべきなんだわ、あなたは。あなたの愛はふっと息をつかせてくれるところがなくて、重苦しすぎるのよ」

二人は腕をとり合いながらゆっくりと歩んだ。アパート探しは不動産屋をまわっての出たとこ勝負で、男は二DK、女は六畳ひと間を考えていて、充分に考えは練り上げられておらず、新しい生活の場とはいってもいわゆる愛の巣のイメージを出るものではないのだった。はやい話がアパートを借りるときの権利金だの礼金だの、そして家具類にしてみても、その準備などいささかも手をつけられてはいないのである。男は性の力に酔いしれていた。もちろん、性の力が人間に及ぼす圧倒的な力はだれしもが切実に体験するところである。まして男はやっと二十歳になったばかりで、性の力の荒々しい渦のなかにほんの最近投げ入れられたのであってみれば、冷静な生活者の足どりを求めるのは酷であると言われないでもないだろう。

それにしても男は嬉しくてたまらないのだ。この美しい女の、このすばらしい肉体をほしいままにできるということが。声に出して高らかに叫びたくなる。おれはこの女といっしょに暮らすんだぞ、と。女の顎に指をかけ、自分と正対させる。女の瞳に自分の顔が映ることが、従って自分の瞳に女の顔が映ることが、全身をしびれさせるような喜びに感じられて、時よ止まれと叫びたくなる。そして、時は止まらない、流れていくのだと思い返して女に言う。

「おれたち、いつか、じいさんばあさんになるね」

「そうよ、老いるのよ。そしてね、もう始まっているのよ、老いはね」

「生意気言ってら。まだ十九にもなってないくせに」

「若死って本当に美しいかしら」

「夭折ってやつか。バケの皮がはがれないうちに死ぬってことだろ」

「あなたが夭折したら遺稿集を出してあげるわ。みんなからカンパを集めて」

「死ななかったら」

「若書きは陽の目を見ないでしょうね」

「おれはね、したたかに長生きしてやるんだ。若死にするやつはね、ナルシストでなかったら……」

「うん」

「ドジなんだよ」

「酷な言い方ね。あなたは」

「この悪い時代を、おれははいつくばってでも生き延びて長生きして……」

「そして」

「偕老同穴だよ」

「はは、ははは、はは、」

女は太陽に対抗するかのように天に向かって笑いを噴き上げた。愉快でたまらないのだ。この若い男、恋の道の端初に立ったばかりの男の、どこを押せば偕老同穴などというそれはとりわけて古めかしい言葉が突然口をついて出てくるのだろうか、と。またしても男が唇をふさごうとするのを避けながら女はひとしきりもう一度高く笑った。

「だから、ああおかしい、だから私、あなたから離れられないと思うんだわ。こんな愉快な話をしてくれる男の人ってこれまでにいなかったし、これからもないと思うわ、きっと」

「そのくせ、寝るんだ、また誰かと」

男が急に表情を険しくする。

「いいえ、もうないかも知れないわ」

「かも知れない」

「自分でもわからない」

「いい加減にしろ、つまりおれを愛してないってだけのことじゃないか」

「ちがうわ。わたしの解放のため。あなたから解き放ち、一夫一婦制から解き放つためよ」

「そんなもの。そんなもの解放でもなんでもないんだ。都合のいいときにカイホーカイホーなんて。それは単にルーズな色きちがいなだけだ。おれ以外の男には目もくれるな。

本当の愛に目ざめさせてやる」

「あなたは独占欲が強いのよ。私はあなたを愛していて、そしてあなたが他にもっと女性経験を積むことを歓迎するわよ」

「ちがうんだ、ちがうんだ」

目抜きの通りへ出て昼下りの歩道にはふたりの声高なかけ合いに振り向く人もしばしばだが、その声も自動車のクラクションやブレーキの音にかき消されがちで、男のほうはいら立って声をさらに荒らげることになってしまう。女の表情はいくらか沈鬱ぎみに平静で結局は男に対してこの重要な問題で引き下がるところを見せないのだ。男はよほど、これからふたりが何をしに行くところなのかについて女に注意をうながしてみたい心持ちに馳られるのだが、女が動じる気づかいのないことを思い、黙りこみ、立ち止まってしまう。ふたりの間を歩いていく歩行者がいると、そしてそれが男性であるならば、男は瞬間怯えに似た表情をさえ示す。人々が肩を擦っていく。男は知らぬ人の顔を見るのが怖いと思い始める。深く俯いて立ち尽くす。

「さあ、駅が近いわよ。歩きましょ。どうしたの、社研の部長さん」

それは痛い突き方なのである。つい一昨年、男は高校の社会科学研究会の部長であり女は新聞部の部員でありつつお互いの部の交流は非常に緊密で、男はいっぱしの論客であったのだから。その上、男は反戦会議の議長であり、ともに集会やデモに出ることには三年余の時日を経ている。その男がすねたふうにしてみせるのを見れば、女はそう言ってからかわずにはいられないのだ。男は反論してみせるよりも、女の肉体に働きかけてふたりの輪をひとつにしてしまおうとする方により心が傾きがちであることをどうしようもできないことに気付いている。衆人環視の歩道上でか。そうだよ、かまわない。

女は数歩先で野菜を物色している。男はそこに主婦の像を読みとろうとするが、主婦に納り切らない女という気持ちがその像を断ち割ってしまう。たしかに主婦に納まってほしくない、それに活動だってあるのだからということばが男の内部に言い訳のようにごそごそと立ちのぼってくる。女がトマトを振っている。トマト、きゅうり、セロリ……。男の三畳間でふたりはよく生野菜を食うのだ。それがふっと過去になるように思えてはっとする。みつき足らずの半同棲がひとつの節目にきているのはたしかだった。目くるめく日々であった。肉欲生活というものだった。みずから肯定して翳りということのない毎日だったのである。女の肉体が持つあやしい力というものを思わないわけにはいかない。むさぼって止まず、尽きるということを知らなかった。いつの間にか夜明けを知ることも度々で、精魂つき果てた揚句の空白の心のしびれは麻薬の効果を想像させた。

三日も女が三畳間を訪れないと、男は頭の芯から狂気が弾け出しそうになるのを感じるのだ。ひたすら女への求愛と呪いを赤いボールペンで書きつらね、時の経過をやりすごすのだが、不眠が重なると三畳間の中で見る者もない狂人を演じた。紙の上で女は気ちがい扱いされ、糾弾されていた。街に出ても、人々は男にとって敵であり、任意の女xが男の前にからだを開くのを求めるなどはたとえ幻想の中においてさえあり得ないことだった。ひたすら女を、女だけを待ちこがれた日々。電話をかけても家族が一切とり次いでくれないから苛立ちは募る一方で、数回で止めた。手紙のような文章を四百字詰の原稿箋にびっしり書き連ねた。清酒の一升壜を枕元に置いてラッパ飲みし、酔いと眠りを買おうとしても果たせない夜は思いに拍車がかかってあふれるものをすべて書きとどめようとする赤いペンの動きはかえって男を煽ってやまなかった。一連の情念と思考の流れが区切られたとき、男はこんどは緑色のペンを握って空いている枡目を女の名で埋めていった。そのひとときがふと心の動きが凪ぐころおいで、女の名を紙に刻み込んでいつくしむのだ。女の名前は生きて踊って、しばしば男が抱きしめ得るまでに女自身になりまさる。男はそれを投函することは決してなかった。出すのは陽気な同窓生としての葉書だった。しかし女は三畳間を訪れるたびにまっ先に何十枚もの紙の束をつきつけられ、読み終わるまで酒はおあずけなのだ。この正月に男の前の下宿、家具つきの小部屋を訪れたとき、私、酒と男が好きなのよと頬を染めて女が呟いた時、男はその言葉が何の飾りもなく正直なものだとは思いもせずに微笑んで聞き流したのだったが。

女から郵便が来ないのではない。いや、週に二度は来るのだけれどそれは殆ど手紙のていをなしていない。散文叙情詩なのだ。女は情緒のうごめきを際限もなく書き連ねて飽くことなく尽くすところを知らず、男の情念をかき乱して止まることがない。男には女の訪れのみが心の憂いの晴れる時であり、その舞台は三畳ひと間、つねに床が伸べてあるとあれば逸る男にはみずからの行為を省る余地などありはしなかった。女は受け身になってしまうことのみが不安だった。どのような行為も自分自身の選択の結果でなければならないのだからと自分に言いきかせるのだ。ねばならぬ、のきゅうくつさぐらいは安んじて引き受ける。そこからしか自分自身の世界は開かれないと信じているから。条件つきでなくいかなる時でも主体的でなければならぬという女の信条は、ほとんど祈りにも似ていた。そうだ、確かに祈りというものであったろう。男もそれを察している。察していると言ったら女は反撥するかも知れないけれど。女はそんなふうだ。男は女の思いの底にあるその祈りがイデオロギーというものではどうにも包み切れぬものであるらしいと察している。そして自らにとってイデオロギーはパンとは言わぬまでも肌着ほどに必要な欠かせないものだと思える。その上で、男女の間のことはこれまで学んできたどのようなイデオロギーでも明快に、腑に落ちるという形で解き明かされたのでないことを感じている。そして男は、理論なきままに実践の渦中を歩んでいる。理論は実践のあとからついてくる、そんな誰かの声が、耳の記憶として残っている……。

「遅くなるわよ。今日は三軒はまわらなきゃ」

立ち尽くしうつむいたままとめどもなく記憶の迷路の中へ踏み入ろうとしていた男に、より実際家であることを明らかに示す女の弾んだ声が投げかけられる。男もまた微笑みと快活な言葉を軽やかに返さなければならない。

「そうだ、安い二DKをきょう中に見つけなきゃあな。ぐずぐずしてちゃあ」

まだ午後は早くて、路上は雑踏の様子は見られないけれど、駅に近い商店街のことで人々の通行はひきもきらない。そして人々の表情は昼下がりのくつろぎを示しつつ、疲れに崩れてはいない。日射しが彼らの顔に陰影を刻んでむしろ精悍さを浮き上がらせている。身体の動きも切れがいい。それぞれがそれぞれに思い思いの目的と行動様式に従って動いているようで、夕刻の買い物の主婦たちの群れや夜早い勤め人たちの家路の流れ、さらには夜晩い酔いどれの千鳥足とは明らかに違っている。八百屋をぞめいている女性を主婦と決めてしまうのはあまりにも早計だ、ネクタイを締めて鞄を下げて歩いている男性が会社員だなどとどうして判断できる、鞄には時限爆弾が入っていないと誰が言えるか。道路の舗石がひきめくられて原始的な武器になったのはオンリー・イエスタデイ、ついきのうのことだ。男の手にもまだ生々しくその感触が残っている。見なれた街に光景が、閃光の中で一瞬のうちに変貌することの予兆に彩られた日々、男は刹那刹那眼にする光景をまたたきとともに眼底に焼き付け、所有して構築しなおすのを街歩きの楽しみとしていた。

銀行の支店、かつて解体させられた財閥の。ぺしゃんこになった銀行が、人民の膏血を蛭のように絞り吸い取っててらてらと太りまさる、という表現をしてみて男は心のうちで苦笑する。筋金入りじゃあないね。ついふた月余り前に死んだ作家が、日本と朝鮮との関係をそのような言葉で表現していたものであったが。もちろん、彼はにこりともしなかった。男はその作家の熱心な読者だったが、会うことなく終わった。金融資本。金融資本論。国家的金貸し。街角の、活気と緊張はたしかにあるが、笑顔と声高い丁寧語にいろどられた店頭を人民の血と結びつけて考えねばならぬ、そのねばならぬを男はエポケーに置く。現象学的判断中止というやつだ。男は現象学も勉強せねばならぬ。ネバーギブアップ。

まだ新しい歩道橋の向こうには保険会社の支店だ。通底、という言葉を思い浮かべつつ男は歩く。女に引きたてられるように。商社がなくて幸いというものだろう。喫茶店。パン屋。中華そば屋。男は支那そばと言うまいと思う。蒲団屋がまたものを思わせる。新居と。女の家から持ち出せる家具はないと考えなければならない。女の家族にとって結婚など論外のことだから。身ひとつで飛び出してくることになるのだから。男の手を引く女の力の強さがそのことへの強い意志の証明である。洋品屋。男はせめて、この冬の女の誕生日にはちょっとしたアクセサリーをプレゼントしたいと思っている。早くアルバイトをみつけなければ。仕送りを、せめて五千円でも減らせるようになればいいが。経済的自立は何をさしおいてもの優先課題だと男は考えている。新しいふわふわの蒲団なんて、まだ先の話だ。で、本と酒だけは別口会計の、ちょっとした額である。

男たちと女たち、女たちそして男たちが、それぞれ明らかに目的を持って歩いている。店に入るもの、荷物を持って出てくる者、時計を見ながら駅へと急ぐ人々。おのおのが別の表情と動作を持って、いくらかの緊張感につつまれながら行為のさなかにある。そば屋の出前持ちは人の間を縫って、出前をわずかにゆするようにしながら自転車を、それは見ていても何の不安も起こさせないように進めていく。鶏肉屋の焼鳥コーナーでは準備がとのって皮やもつの脂が炭火に滴り、匂いをたてはじめたところだ。居酒屋は店の戸を開け、店内と店の前両隣の掃除をしている。のれんは裏返して半分寄せてある。店内では若い男女が仕込みに余念なく、汗をぬぐいながら今夜出す料理の下準備に励んでいる。八百屋や魚屋は書入れの時刻には間があるからゆっくりと店頭の品物を追加したり、客に冗談をとばしたり、丁寧に道案内をしているおやじもある。

男は、いくらなんでもいつまでも女に引っ張られてはいないのだが、店店を吟味しつつ、どうかこういった店のひとつに職を得たいと思う。

「ねえ、おれ、八百屋のおやじになりたいな」

「いいわね、大学出てからね」

「そういうことじゃなくて、きみは八百屋のおかみさんになるかいってこと」

「素敵だわ。やりましょ。でも、大学は大学よ。私、この二ヵ月で、しょいきれないほどの体験をしたわ」

「おれにはね、その体験というものが疑似的な体験というふうに思えてならないな。社会そのものじゃないでしょ。おれは八百屋とか居酒屋にはいって、きたえてもらって、ゆくゆくは店を持ちたい」

「大学も社会の一部よ。エリート性はもう薄いしね。八百屋、居酒屋、学問屋でいいのよ。ほんとに、考えることをしてる集団は大学が筆頭なのよ。四年間、立ち寄ればいいわ。恥しいことじゃないわよ。私は不安です。あなた、仕送りうけてる受験生なのよ」

「わかってる。受験勉強だってしてるさ。経済的自立が先だろ。稼がなきゃ。ね」

「親の援助なしに働きながら大学に通ってる学生はたくさんいます。彼らこそ労働の苦しさと喜びを身を以て知ってるわ。ふらふらしないで。入試が第一よ」

「わかった。おれ、優柔不断だからな。よくないね」

「私ももちろん働くわ。いえ、私こそよ」

「ひとりで家を出るんだからね。協力してくれる人はいないわけだし。家具といったら何もないね。煎餅蒲団二組とフライパンからの出発だ」

「本はどれくらいあるの」

「ミカン箱でちょうど十あるよ。大きな書架が一本ほしいな」

「そうね、六畳ひと間にしても書架は必要ね。ミカン箱を積み上げて本をさがすよりいいわ。さっきの話じゃないけど、私たちもかなり同じ本を持っているようだし」

「本は増え出すときりがないからなあ」

「読んだら売りましょ。私、中学生のときからそうしてきたの」

「へえ、ませてたんだね」

「あなたは」

「おれの古本屋歩きは小学校四年の時から。年季がはいってるよ」

「ほんと。珍しい本を安く掘り出すものねえ」

「おとなになったら何になるってやつね、初めはプロ野球の選手だった。幼稚園から小学校低学年の頃はね」

「だれもが一度はスターに憧れる、のね」

「それから科学者。科学者っていうとね、望遠鏡をのぞいているのと顕微鏡をのぞいているのと、それからね、じつはね、その、つまり、自転車の空気入れを押しているイメージがずっとあった」

「あら、なあに、一体それ」

「つまりね、子供の頃のうちにはナントカ研究所というシールを貼った空気入れがあって、それをいつも使ってた。あのね、腰を上げたり落としたりして一生懸命空気入れてる姿勢って、ケンキュウという感じしない」

「あ、あ、ケンキュウね、腰を上げたり落としたり、ね」

女はにっと微笑む。男をつつく。

「あ、そうじゃない、ばか、そっちじゃないよ。まったく、君は」

「はは、はは。まったく、ね。それからどうなったの」

「中学校になったら編集者だ。古典を文庫本にする仕事。赤帯、青帯、白帯と。それも憧れと言えたね。地方都市で有名な出版社の文庫本を読む中学生にはね。そしてそれと絡み合うようにふたつの願いの条が流れていたんだ。ひとつは、自分が書いた文章をいつの日か本にしたいということ。これは今さしあたってどうでもいい。もうひとつは、すべての憧れや夢がかなわなかったら街の小さな自転車屋のおやじになろうということだったんだ。グリースまみれのつなぎを着て朝から晩まで自転車の修理だ。新品の自転車なんて置かないんだよ。店の前には空気入れを何本もたてておいて、子供たちが、いやおとなたちも、気軽に声を掛けて使って行く。パンク修理やムシ替えや、ブレーキ、ライト、リムのしぼり。小さな何十円かの仕事を次から次へとひとりでこなすんだ。サドルのつけ換えやチューブ、タイヤの交換なんかが金になるほうの仕事だ。その日食えればいいんだよ。グリースに塗れて手仕事を続けるというのは、心屈したときの何よりのなぐさめとは思わないかい」

「あなたは中学生の時にひとりで、思い屈した日のことを考えていたのね」

「そうだな。憧れが実現する方法を考える道すじをつかんでなかったのと、実現するというのは途方もないことだという気持がつねにあったからねえ」

「憧れは今も持ち続けてる」

「うん、死んではいない」

「私、力になる。実現して。八百屋や居酒屋は口すぎのアルバイトでいいじゃない。ヴ・ナロードって思っているんだったら思い上がりの裏返しだわ」

「おれはね、カボチャやキャベツやトウモロコシをよく吟味して安く売ることとそのもの、煮物や漬け物や刺身をうまくこしらえて上手に人肌の燗をつけて酔っぱらいを喜ばせることの魅力こそ言いたいんだよ。そのこと自体なんだ、商売のレベルでさえないんだ」

「むきになるのね。いいわ、そういうのって。子供っぽくってね」

「どうやらね」

「私の方が大人っていうんじゃあなくてね」

「比較の問題でなく言えば、きみはぼくにとって大人です」

「母親だけはおことわりよ」

「求めないよ、決して」

「酒屋だったらいつでも叩き起こしますからね。でも、それは特別。私も飲むんだから」

「きみは強いね。ひと通りの意味でなく。女は強いという一般論は言いたくないいね」

「女は、強いわよ。男はかわいそ」

「かわいそうは惚れたってこと、だろ」

「あら、惚れてるのよ」

「男たちに、ね」

「私は男たちが好き。そして女たちがいとおしい」

「博愛主義、ナンセンス」

二人は駅の前にさしかかった。男が並んでいる自転車のベルをチリリンと鳴らして舌打ちをした。目下男にとって何よりも肝要なところであった。

「私の目の前の男以外に愛する対象はないわ」

「不安だね」

「それは説得することじゃないわ。行為で示すしかないわね。一緒に寝ることだけじゃありませんからね」

「しっ、だまって」

階段の上に立って見下すと、上ってくる人々の視線が男と女に集中しているように思えてしまう。それらの上眼づかいの視線は、昏いところから必死に逃れてきて男と女に救いを求めているかに見える。目の前で助けを求める者に手を差し伸べないでいかなる闘争もあり得ないと男は思い、同様に女もそれは自分自身の解放だと感じる。ふたりが差し伸べる手はいくたりもの男女から訝しげに見つめられて縋りつかれることはない。人々は新たに上がってきては散っていくから常に怪訝の表情は新しい。ふたりは悪戯っぽい笑いを交わす。真剣な悪戯。このふたりなら、もし誰か興味半分にであれ彼らの手に救いを求めてきたら、話を聞き、彼あるいは彼女のために力を尽そうとするに違いない。それは、ひょっとしたら悪戯を貫くことであるかも知れないのだが。そんな内実を知ってか知らでか、群衆とは形容し得ぬ人々は階段を上ってきてはあるいは立ち止まりすぐに街の中へと散っていってしまう。誰かこのふたりの、遊び心に対してだけでもよい、好奇の心を起こしてたわむれてやってはくれないだろうか。人々は皆忙しく男と女だけが時間を持て余しているなどとわけ知った酷な言葉だけは投げかけてやらないでほしい。彼らは今、生のさ中にあってその苦さをも含めた味わいを体験することに熱中しているのだから。決してあり余る持ち時間をまき散らしているのではないのだから。

日差しはやや斜めに、次第にその階段の底近くまでを照らすべくじりじりと角度を変えていっている。

急げ。時は熟れていく。

男は眼下の斜形の箱の内部の光と影のまだら模様に軽い目まいを覚え、女を支えねばばと思う。差し出す手は、女に助けを求める姿に似ている。ゆっくりとふたりは階段を下り始めた。昏いところで、ふたりは手を離さずにいられるだろうか。女は笑う。

「さっきあなた言ったわね」

「何を」

「偕老同穴」

（一九九三・一〇・二三津——朝霞）

イデオローグの冬

——心を病む女と男が世界を変える

序、ビアホールの朝

おれが、はやりにはやってK……書店のビルを出ようとした時、全身をぶっつけたのは土砂降りの雨だった。壁。つきぬけさえすれば……おれは待てないのだ。早く、いや、今すぐに。幸子のアパートはここから歩いて二十分だ。行け、ずぶぬれになって。上るまでここで待つというのか。おれが一歩を踏み出そうとした瞬間、右手から腕がさし出された。手の先に、ぎゅっと青い傘を握った裸の腕だった。うぶ毛が、目立たぬほどにきれいに生えている。おれは自分でも驚いたのだが、左手で、ついで右手で二の腕を握って女の体をたぐり寄せていた。女の胸がおれの胸にやんわりとぶつかり、女の眸の中におれの顔が映っていた。女は顔をそむけなかった。皓い歯を見せた。コレハマズイコトニナッタ。おれの負けである。

女が何か言ったら、おれはその通りのことをしようと思った。女は何も言わなかった。おれの手を優しくほどいて傘を開き、さしかけてきた。つと歩み出した。振り向きもしない。腕と胸だ。眸と歯だ。あわてておれは傘に入る。足許がぬれる。夕方まではまだずい分時間がある。おれは女の細い腰に右手をまわした。左手のさっき買ったばかりの露和辞典は紙袋が破れ始めている。女は大股に歩く。おれのボロ靴には、水がしみこんでくる。

——ウィスキーのストレートをダブルで二杯。

飲めということだ。ここはビアホールだ。いきなりウィスキーのストレートだ。女とおれは、カットグラスを目の高さに持ちあげて同時にひと息で呷った。

——いちいち注文するのは面倒ですね。

女は初めておれに語りかけた。

——ボトルを……あらボトルは出さないんですか、じゃあ……

女の前に十個のカットグラス、おれの前にも十個のカットグラスがならんだ。女は少し顎を引いておれを見つめ、皓い歯をみせた。顎を引くのが双眸の輝きを魅力的にすることを心得ているのだ。キッスチョコをつまむ。グラスを干す。五杯目ぐらいでおれは酔いがまわってきた。もう、帰りの電車賃しか持っていない。この払いはどうするのだろうとおれは思った。思っただけで心配しなかった。女に合わせて、六杯目、七杯目を干した。

女の表情は変わらなかった。ただ、目がいたずらっぽくなった。

——わたし、お金持ってないんです。

きたぞ、とおれは思った。それにしてもおれに頼るふうではない。おれも別にどうこうしようとは思っていない。ただ女に合わせてグラスを干すだけだ。そしてほほえみをかわすだけだ。充足している。女に何かたくらみがあるのかそれは全くわからない。それはどうでもよいことだ。ふたりはただバッカスに仕えているだけのことだ。十個ずつのカットグラスからきれいに琥珀の色が消え、また豊かな色と光をたたえたカットグラスがきた。

どうやら女の方がおれより酒の神に愛されているようだ。おれは体がゆうらりゆうらりし始める。思い出す。すべてのことを……女の微笑みは思い出させる。おれが愛したすべての女の最上の微笑みを。まなざしを、唇と歯と舌の味を頰の感触を。乳房を腹を太股を脛をそしてこんこんと甘やかな液体をあふれさせているその場所性器を。

幸子。奪われていった幸子。おれと暮らしたアパートに平然と住んでいる幸子。あいつは、あなたといると息苦しくなってしまう、独占欲の強い人とはもういられない、と言っていた。遠い過去のよう、さっきまで幸子を強姦しにいくんだとたけりたっていたのに。目の前にいる名も知らぬ女の眼に、吸い込まれていきそうだ。おれはゆれながら微笑んでいる。微笑んで、充ち足りている。まなざしこそはすべてだ。女の体も前後に微かにゆれ始めるが、おれを見るまなざしに変わりはない。おれは、腹が減っているのを突然思い出した。昼飯を食っていなかったのだ。キッスチョコだけでストレートのウィスキーだ。

女は止める気はないらしい。客が混んでき始め、ウェイターはあわただしく大きなジョッキを五つも六つも客席へ運んでいる。だめよ、と女はいう。眼でいうのだ。わたしから眼を離してはだめ。おれは目まいのようなものを感じる。今、この女が人を殺せといったらためらいもなくそうするだろう。裸になれといったら即座に一糸まとわぬ姿になるだろう。わたしをこのテーブルの上で抱いてといったら……そうしない理由があるだろうか。

十四杯目のグラスを干す。ショット。ショットガン。女の眼は銃口。こんなにも怖しく魅惑的なものはない。ふたりは充分に与え合い奪い合った。おれの眼はK……書店にいた時とは、別人のように和やかなものになっているだろう。女はなお奪おうとするかのようだ。いたずらっぽさがその色合いを増している。

――わたし、お金持っていないんです。

――それはどうも、おれも持っていない。

十七杯目のグラスが空く。女は追加注文するに違いない。おれも飲むだろう。女の意のままにつぶれるまで飲むだろう。おれは自分の意志を持たないのではない。女のまなざしが……そこに映るおれの顔が……おれの意志だというわけだ。おれがたぐりよせたまなざしなのだ。

談笑、高い笑い声、歌い出す者もいる。次第に強く次第に激しくビアホールの中は喧騒に満ち、満ちあふれてくる。おれたちの席だけが、静かに微笑の激しいエネルギーを内にひめてひそやかだ。おれたちだけの場所だ、ここは。女がヒロインでおれがヒーローだ、お前たちは脇役だ。だめ、わたしから眼をそらしては。わたしの眼の中であなたは生きているの。わたしは〝いま〟なの。そして、〝ここ〟なの。なにも思いわずらうことはないのよ。飲みましょう。ゆったりと、心ゆくまで飲みましょう。

キッスチョコのほろ苦さが、苦いウィスキーによく合う。ほかの食物は何もいらない。口の中でチョコレートを融かしてウィスキーを流しこむ。甘い味と苦味とのぶつかり合いのあとで、アロマが鼻腔に満ちる。オムレツの匂い、ソースの匂い、炒めた玉ねぎの匂い、ニンニクの匂い……ビアホールが酔いどれ始める。次の十杯ずつがテーブルに並べられたとき、真赤になって大ジョッキを呷り競っていた学生らしい集団からおれたちに歓声と拍手が上がった。女は泰然としていた。おれはすぐに女の眼に見入った。少しうるんでいる。おれはかなわないと思った。もう、どうにでも、して、ください。女に所有された、と思った。おれが肉体をたぐりよせた女に。しかし、意志は……女の眸に映っているおれがいる限り……

——お客様、お客さま。

おれは眠ってしまっていたようだ。目の前に女はいなかった。夢だったたか。話がうますぎた。

——お客様、閉店でございます。

どこかで聞いたような……女の……声、女の声。おれはいっぺんに目がさめた。体じゅうに火がついている。燃えている。酔眼を見開いて白いエプロンの上についている顔を見ると……まぎれもなくさきほどまでおれをとらえて放さなかった、あのまなざしだ。やられた、と思った。この女、この店の……

――心配しないでいいわ、はい、お水、わたしね、かけあったのよ店長さんに。

おれはきょとんとした。ちょっと頭の回線が混乱した。かけあった、おれの払いを……

――そうじゃないんです。わたし、きょうからウェイトレスになったんです。三日も働けばきょうの分のつけはちょうどきれいになるのよ。働いてみたかったんです、白いエプロンつけて。うまくかけあったわ。

女は眼をくりくりさせて、両手で白いエプロンを広げて膝を曲げておどけてみせた。

つまり、女の後ろに控えて（しかも微笑さえ泛べている）店長も、女のまなざしにころりと、いや納得させられてしまったというところが、おれの腑に落ちやすい解釈だ。やるもんだ。時計は十一時をまわっている。となると少なくとも三時間は、エプロン姿で立ち働いていた計算になる。おれには、せき上げるものがあった。店長の眼は許している者の眼だった。おれは女を抱きしめた。ウェイトレス、ウェイターたちはおれたちを見る者もなく、手早くテーブルを片付けている。その姿がにじんだ。おれの眼からは限りなく水が流れ出て女の肩をぬらし、ブラジャーの紐が浮き出た。女はくすくす笑っている。さあ、と言った。もう少し。楽しいお仕事。

――ウェイトレスだろ、もうすぐ終わりだろう。いっしょに出よう。

言ってしまってから驚いた。どこへ行こうというのだ、一銭の金もないというのに。女はうなずいた、もう少し待っていてね。待つよ。いつまでも。しかし、どこへ。

――さあ、どうぞ、おめざの一杯。わたしも飲むわ。……いま、ここでよ。おれは引きうける。時給高いのよ、ここ。しばらく働くことにしたわ。一杯ずつですよ、皓い歯を見せる。エプロンはない。ちょっと体を斜めにして遠いところを見る眼つきで、タバコを一服する。右手を背もたれに掛けて足を組む。おれの眼が女の動きを追う。ようやく酔いがまわってきたようだ。時おりおれを見やる眼が、とろっとしている。近視かもしれない。両眼を少し寄せている。ブラウスの左肩がほころびてる。長い髪はやや乱れている。ふっと眼をつむる時がある。長いタバコをもみ消しながらおれにいう。

――泊まっていっていいのよ、ここに。

ちょうど終電時間だった。けれど、泊まれとは。

――椅子をね、こう……ふたつずつ組合せて、並べてベッドをつくるんですって。鍵をね、あずかったの。宿直にしてもらったの。

当たりまえのように女は言う。当たりまえのこととしておれは受け取るしかない。それは当たりまえのことだ。

二台のベッドをこしらえた。毛布をかけた途端に、おれは眠りに落ちた。その瞬間、しまった、と思った。

夢の中でおれは深い山奥の池だった。時折花びらが降ってくる。風がなくなれば鏡のようにしずまって動かない。感情さえもすでに抱かず、ただ、ひととき、よし、と思っただけだった。そのあと、深く長い眠りが来た。

柔らかくて暖かいものが唇を押し分けて入ってきた。おれは眼ざめかけた。柔らかいものを、噛んだ。

——いつっ、ああ……。

女だった。おれの顔に息がかかった。髪がはらりと……絵に描いたようである。おれはひたすらに受け容れる。女のしたいがままに。おれにはしゃべる必要がない。女がおれにさせることがそのままおれの意志なのだ。女のまなざしは、女と同じように、おれに、裸になることを求める、いとも簡単、Tシャツにジーンズにパンツを脱ぐ。ペニスは硬くなっている。女がおれの顔におおいかぶさってくる。くびれた胴がおれの視界をふさぐ。縦長のへその、周囲を囲むようにおれは口を押しつける。ひしゃげた鼻の孔でかろうじて呼吸する。へそを舌先で何度もなぞる。女は汗をかいている。淡い塩の味のへそ。その襞ひだを味わう。女は体を浮かせる。つやのある黒い陰毛のひとむらが眼にはいる。骨盤のでっぱりがおれの鼻をおしひしぐ。吐く息が陰毛の生えぎわのあたりでブウと鳴る。おれは右手を伸ばして女の乳首に触れる。やわらかくて、そして弾んでいる。人差指でそっと掃く。女の全身がびくんと動く。

女は膝頭をついて四つんばいになる。陰毛がおれをいざなう。片手で、その柔らかくて黒いひとむらを玩ぶ。片手で左右の乳房をかわるがわる持ち上げて重さを量る。たっぷりだ。男の胸というものは何と寂しいものであることか。おれは、いつまでもこうしていたかった。女の乳房をおれの乳房と見まがうまでにおれは、重く弾力のあるふたつのそれを、まさぐっていたかった。おれはおれの胸に双つの乳房がほしかった。先ほどから天井を指しているペニスは、どのようにも形の変わる、そしてすぐに元の半球形にもどる女の乳房にくらべれば、ほとんど魅力のない肉の棒だ。とにかく、とおれは思う、栗の花どきのような匂いの白い液体を出してしまえばそれで終わりなんだからな。つまらない、男は。おれはこうしていたい。乳房を、首筋を、鎖骨の上を、喉を、長い髪を、胸の谷間を、太股のつけ根を、膝を、ふくらはぎを、踵を、足の指一本一本を、その股を、そしてへそを、そして……その源泉であるヴァギナとクリトリスを、指で、掌で、舌で、唇で、玩び、愛撫しつくしたい。一日中。終わりたくないのだ。射精が男の性の悦びの頂点なのだとしたら……もっと、もっと深い喜びはないものか。いまのこれが、この濃厚な愛撫こそおれにとっては何にもまさる悦びだ。女は笑う。おれの顔の上で腹を、胸を波打たせて。太い声をビアホールの中に響かせて。ビアホールにいることをおれは改めて思いだした。幸子の家へおれは急いでいたのだ。そして……病院へ帰らなければいけないのだ。病院、無断外泊……

——だめよ。女は声に出して言う。ゆっくり腰を動かして、おれの頭の上に跨った。きれいな、ぬれそぼったヴァギナが見えた、と、それはおれの顔に着地した。おれはむせた。息ができなくなって、おーいと声を出したつもりが、ぶぶぶという、唇とヴァギナの摩擦音が、大きく出た。女はほんの少し腰を浮かした。おれは舌先で、陰毛を分けながらクリトリスをころがした。ヴァギナにも舌を入れた。ときおり女の腰がびくんと動いた。女は向きを変えて腰の位置はそのままに、上半身をおれの下半身の方へ倒し、おれのペニスを口に含んだ。ゆっくりやってくれ、けっして急がずに、とおれは思った。しばらく温かいものがペニスの先端を静かに包んでいた。そのうちに、亀頭をちろちろ舐めはじめた。おれは耐えた。持続。破局のない持続をこそ。女の喉がぐっと鳴った。先端が当ったのだ。喉のふるえが先端に伝わる。

一、精神科病棟

目ざめて時計を見ると四時だった。葛原と菅沼のしゃべり声が聞こえる。窓の外は明るい。夢だった……らしい。床頭台の上には、袋の破れからケースがのぞいた露和辞典がころがっている。さて。女の匂いがふと鼻先をかすめるように思える。朝だったのだ。明り窓から光線が女の体にかげりをつくっていたのだったが。おれにはどうもよくわからないのだ。この眼ざめは、強い薬か注射のあとの眠りからの眼ざめのようだ。物が二重に見えている。薬物のせいでこうなることがおれには時おりある。記憶にも障害が出ることがある。鼻先のかすかな匂いが、夢ではない、とおれに向かって主張する。わからない……

まだ夕陽とはいえない夏の陽差しが窓から入ってくる。寒い。一枚の毛布の下で、おれはパンツひとつの裸であることに気づく。熱があるようだ。毛布が小刻みに震えている。服は。体が重くて動かない。ロッカーの中には洗濯した半袖シャツも長袖のスポーツシャツも入っているのだが、ナースコールのボタンを押すかどうか、それさえためらってしまうのだ。おかしいぞ、こうではなかったんだ、きのうまで。ところで、きのうというのはいつのことだ。K……書店で買った露和辞典はここに確かにある。紙袋はぬれて破れて、今は乾いている。

それを買ったのがきのうのこととすれば、女に出会って、飲んで飲んで、ビアホールの朝があって……それがたしかにあったのだとしても、九時頃からの記憶が途絶えているわけだが、おれはもっと、丸一日以上眠っていた、眠らされていたような気がする。薬をのんだのか、注射だったのか。それが納得した上でのことだったか強いられてのことであったのか、せめてそれだけは、なんとかして思い出したいのだ。右手の肩から手首まで、左手の手首から肩まで、仔細に眺めて見たけれども注射の跡らしいものはなく、どこを押さえてみてもそれらしい痛みは残っていない。薬か。強い抗躁剤と睡眠薬を、医者の眼の前で、納得してのんだということになるのだろうか。そこなのだ、おれがナースコールを押すのをためらうのは。とんできた看護婦なり医者なりが、「きのうのこと」をかいつまんで話すだろう。おれの知らないおれについての話。いずれは聞かされるにしても、その前に、おれは自分自身の記憶として「それ」を回復しなければならないのだ。それにしても寒い。震えが止まらないが、不快なはずの震えのリズムが、小刻みに小刻みに動く心の波動に同調しておれはかえって平静をとり保ちつつあるようだった。このまま我慢して横になっていよう、何とかして断片でもよい、記憶をよび戻そう。陽ざしがまぶしすぎる。

頭の上の方で葛原と菅沼が言い争っている。声にとげが混じり出す。

――だからさ、言ってんでしょ、ゆうべ借りたのが二本でしょ、けさ六時すぎに二本、朝メシのあとで一本だったでしょう。だから五本返しますよって言ってんのに、しょうがないなあ、菅沼君。

――おれが貸したのはキャビンマイルドやないけ。一箱二百四十円やぞ。一本十二円やぞ、この、あんたのハイライトは二百円やぞ、一本十円やないけ五本で五十円六本六十円、ということやぞ、キャビンマイルドは五本で六十円やぁ。ということはやぞ、六本返せ、六本。わかりきったことやろ、あんた。

もっとやれもっとやれとおれは思った。ひとのいさかいはおいしいものだなあ。

――いいかい、タバコを貸してとわたしは言ったんだよ、夜だったから、通用口も鍵がかかっていたから、買いにいけなかったからね。キャビンマイルドを貸してとはひとことも言わなかったでしょう。わかばでもしんせいでもよかったわけよ、一本は一本だからね、一箱百三十円だとしたら、一本六円五十銭でしょう。五本でいくらになる、え、五本でいくらになりますかっていうの。

——わかるかいや、そんな計算、あほか。

——いいかい、五六三十、五五二十五、三十円と二円五十銭、三十二円五十銭でしょう、それでもわたしはハイライトを五本返すことは間違いないよ。わたしがずい分損をするけど、平気だよ、博愛の精神の光に満ち満ちているからねえわたしの心は。タバコの一本や二本の問題じゃないでしょう。わたしはねえ、無限にやさしいのよ。その、愛に満ち満ちた光あふれる無限のやさしさをこのケチな菅沼君の心にも分かち与えたいとひたすらに思い願うばかりなのよ。わかるかいや。わかってくれないかなあ。

——ダラ言うな、わかるかいや。六本返さんかいや六本。六十円分返せていうとんのやないけ、借りたもんは返さんかい。

——六本でも六十円でもいいの、百億本でも問題じゃないのよ。要は愛に満ち満ち、光にあふれた心の問題なんだよ。菅沼君からケチな心を追い払って、無限にやさしい光あふれる心を植えつけることが、神から与えられたわたしの使命であるわけなのよ。六本でも十六本でも、いい、それは関係ないって。きみの心がケチで貧しい限りは、わたしは借りた分の五本しか返すことができないというのも試練に満ちたわたしの使命なんだよ、菅沼君。無限のやさしさできみの心をあふれさせたいんだよ。物質の問題ではないってさ、広大無辺なやさしい心を持ちなさいってば。その中にあっては、タバコが何本かなんていう問題は消え去っていってしまうでしょってことだよ。

——ダラァ、返せダラァ、ごたくさごたくさ。

菅沼はスリッパの音を立てて病室をとび出していった。ふふ、うふ、と葛原の含み笑いがする。陽射しが落ちてくる。震えは次第に収ってきた。ペニスは縮みあがっている。「きのう」のビアホールでのおれのペニス。急に腹が減りはじめた。「きのう」のビアホールでの空腹を、おれはどうしたんだったか、キッスチョコとウィスキーばかりで一晩すごした。どうも朝メシも食った記憶がない。朝の九時から夕方の四時まで。最低限それだけの記憶が欠落している。その欠落が、さらに一日を加えるのか、二日を加えるのか……

いま、ようやく、物が二重に見えるということは収まってきたけれど鎮静のための強い薬物を与えられたことはたしかだ。「夢」の中のビアホールは、新宿にげんにあるものだ。本郷のこの病院まで電車とバスで約五十分かかる。交通費だけは持っていた。K……書店で露和辞典を買った残りの五百円。雨は降ったのだ。K……書店の紙袋が明かしている。幸子のアパートまでまっしぐらに向かったとしたら。おれは昼の抗躁剤をのんでいなかった。わざとそうした。幸子を、力づくでも抱こうと思ってたけっていた。

雨だ。雨が強躁状態のおれに、何ものかをもたらしたのだ。雨の壁の前でおれはたかぶり切っていた、気が遠くなりそうになっていた。傘は持っていなかった。多少熱っぽかったということもある、おれはそれを躁状態のもたらす火照りだと思いこんでいたのだけれども。差し出された腕と傘。そこからだ。おれは女の腕をたぐり寄せ、女は傘を開いておれをいざない、ビアホールへ。そしてビアホールの、肉の悦びの朝、記憶の中断……夢だったという、下したくない結論。

あるいは雨の中で幸子のアパートへ馳けて行き、幸子を抱きしめようとし、抗われ、救急車が呼ばれたというストーリーはどうだろう、あり得ないことではない。

だがおれは思うのだ。幸子はおれを受け入れた、と。幸子が拒んで去っていったのは、あいつを独占しようとして狂ったようになったおれの心だったのだから。体は、受け入れたにちがいないと、いま、おれは思う。

――あなたのその心さえ、あたしをひとりじめにしようとする心というものさえなかったら、あたしはいくらでもあなたを愛することができるのに、とさえ幸子は言ったのだった。

　たたきつける雨の中おれは走り続けた。大通りの赤信号さえつき切った。そうだ、このふくらはぎの鈍い痛みは短いが激しい運動のあとのものだ。おれは走ったのだ。幸子の部屋のドアを二度ずつ三回たたいたのだ。この指が記憶している。木のドアの反撥がおれの指の骨に記憶されている。部屋の中でおれは雨と汗の混った水をしたたらせていた。幸子は手早くおれの衣類をぬがせて、力まかせにバスタオルでおれの全身をこすり続けた。肩が、尻が、胸がひりひりするのはそのせいにちがいない。おれはもうほとんど気を失いそうになりながら無言で――そう、無言で、だ、躁のたかまりのある時から、言葉はいらなくなってしまうという体験を何度かしたのだった、そんな状態におれはいて、幸子を抱き上げたのだ。抱き上げてふり回して、持ち上げておいて、その部屋の半分近くをしめるベッドへ幸子をほうり出した。幸子の笑顔はかわらなかった、びっしょり汗をかいて、眼尻には涙か汗かわからないしょっぱい水があった。額と鼻と首すじの汗はなめとったが全身にまで舌を這わせる気分は尽きていた。舌は、淡い塩と微妙なまざりものの味を、記憶している、幸子の首すじの汗の味だ。

　おれもまた手早く、そして手荒に幸子をくるんと裸にむいて、タオルケットで包んで荒々しく全身の汗を拭いとった。掌中の珠、にしては荒っぽい扱いだが、荒々しければ荒々しいほど、おれの思いは高まるのだった。そうしておいて、おれは幸子からタオルケットを奪いとり、ベッドに横たわった。幸子がおれの体の輪郭を指で、掌で、なぞる。萎えたペニスを元気づける、指先で両掌で唇で舌で。つきあたり。そこまでだ。「記憶」が途絶える。春まではそうした行為は日常茶飯のことだったのだが。二十九歳の予備校教師が幸子の心をとりこにしたのだ。消えて下さいと彼女は言った。

——あの人は、あたしを解放してくれるから、ゆっくり深く息ができるから。あなたは重いのよ、あなたとこの部屋で暮らしていると、深い海の中にいるようになるわ。体が軽々と動かないのよ。酸素が不足してしまうようだわ。そう言って深いため息を幸子は吐いた。

おれは一晩を泣いてすごした。

幸子も一晩中おれの背中を抱きさすっていた。

短い同棲だった。晩冬から春なかばまで。

いくらかセンチメンタルになりながら続けようとした回想を、断ち切ったのは看護婦の声だった。

――花田さん、落ち着いたかしら……よく眠ったでしょう。体、だるいかな。

――おれ、いつから……

――しっ、いいのよ、今は。それより、服を着たほうがいいでしょ、どうしても着させなかったんだから、もう。経験から学ばない男め。

――わかった、どんなことだったかわからないけど、そこだけはわかったよ、とにかく服を着るよ、サキやん。毛布をはねのけておれはベッドの上に正座する。

尼崎木綿子は大柄な体をおれにかぶせるようにしながらジーンズとTシャツを手渡す。きれいになって乾いている。おれは問わない。尼崎が洗濯して乾してくれたに決まっている。いつもそうなのだ、この看護婦は。

――サキやん、ありがとう、熱も少しは下ったみたいだよ。おれはTシャツを頭から披り、のろくさと、ぬくもりのあるジーンズをはいた。

――熱、念のために計りましょ、それにしてもニクイね、わたしとお揃いのフンデルトワッサーのTシャツを見つけてくるなんて。ないのよ、これ。アンダーグラウンドだから。

――念ずれば花開くだよ。おれのアンダーグラウンドを通っていったらサキやんのアンダーグラウンドに出会ったてわけだよ。それにしても、フンデルトワッサーとはね、おれの腹の上で、繃帯を巻いたような顔が揺れているよ。そしてきみの胸で、おや、ノーブラだ……

尼崎の両胸が、つんと尖っている、豊かな乳房の両方の突端が。フンデルトワッサーの頭部が緊張している。

——残念でした。看護婦はノーブラでは勤まりません。でも、ちょっとそんな感じかな、これは。患者さんを悩ませてすみません。わたしの乳首はね、こんなもんじゃないわよ、梅干よ梅干、こんなに大きな。

——下ってよろしい、下って。

おれの指先が触れようとする尻をうまく引っ込めながら、

——体温、体温。

と声をあげる。

——七度三分ね、下ったわ、花田さん。八度五分あったのよ、お昼に。夕方の薬、早めだけどのんどきましょうか。はい、お水も。

——ロドピンまだはいってるのか、もうおれは鬱になるぞほんとに。ロドピンなんて。

——まだまだ。当たるべからざる勢いってやつだったわよ、ゆうべ。仲富先生がそう言ってたわ。

——ゆうべ。ゆうべっていうと……きょうは何日だ。

おれはどこまで尋ねようかためらいつつ、質問する。

——七月二十五日よ、日曜日よ、薬のんでゆっくりお休みなさい、夕食は取っといてあげますから、もう少し休めば落ち着くわよ。

——しまった、きょうは大事な会合があるんだ。最終日曜だ、もう始まってるじゃないか。おれは行くぞ、サキやん。

——だめ、きょうは夜の外出はしないで。危いわよ、当たるべからざる勢いじゃあ。また警官と喧嘩したりして。きょうだけは我慢して。この薬のんでちょうだい。

——のむ。のむから行かせてくれ、今月の小説はできがよくて、言いたいことがいっぱいあるんだ。おれより五つばかり若い、三十六七の女性の小説なんだ。それは一口に言えば生と死と再生の物語、ごくオーソドックスな死と再生の話なんだが、グロテスクなイメージを盛りこんで、骨太な傑作なんだよ。女性にはめずらしいというとサキやんは怒るだろうけど……。

——カーニバルね、好きよわたし、そういうのって。こうしましょう、わたしがその小説を読むわ。いいでしょ、ふたりで合評会をやりましょうよ、わたし夜勤だから、看護室でやればいいわよ、消灯後に。

——あのさあ、いや、あのね、おれ、四十すぎても「あのさあ」「そんでさあ」って言ってるのがみっともないと思って警戒してるんだけど、つい出てしまう、それでね、毎月読んでて今月の小説は出色だった、作者に直接、楽しませてもらった礼が言いたい、と。そういうことで是非、今から……

——だめよ、きょうは夜歩きはだめ、桜井先生からも禁止されてます。

——桜井先生に直接電話で交渉する。

——状況が状況です。自覚して下さい。今、とっても危険なの。右手を出して握ってみて、ほら、うっすらと甲に傷が。素手で廊下のガラスを三枚割ったのよ、とってもうまく割ったわ。少し距離を置いて見てたので止める暇がなかったんです、ごめんなさいね。こんな擦り傷でよかった、桜井先生が手当しようとしたら走って逃げて……注射のことを何度も言ってた、複視の出るような強い注射は絶対いやだって。そうよね、わたしだってそんなのいやだわ。

——ところが、さっきまで複視が出てた。

——そう。お願いしたのよ、せめて薬だけはのんでしばらく休んでって。桜井先生が新しい注射器を屑入れに捨てたらおとなしくなってくれた。何て言ったと思う。

——……。

——『現代の医療は人を殺す、おれは毒を仰ぐソクラテスの心境で薬をのむ』って。わたし、笑えなかった。それ以上のことは言えないけれど。考えさせられた。こらっ、セクハラ、さわるでない、嫁入り前の娘に。

尼崎はおれの額を人差指で軽くつつく。戌歳の六月生まれだから三十六。顔に艶がある。女盛り。患者の間では、どうして彼女が独身でいるのかがしょっちゅう話題になる。いないのよね、わたしを包みこむことができるような大きな自我を持った男が、というのが彼女の眼をくりくりさせての答えだ。それがじつに、どうも説得力があって、男の患者たちはにやにやしながら黙りこんでしまう始末なのである。

大きな自我、それを持っていると自負する男たちは少なくない、いや、あわてて言っておかなければならないのだが、この病棟は現在二十床、うち男が十三人という小規模な精神科病棟なのである。

——そんなこと言ったか、うん。とにかくおれは行くよ。

さい。

——わたしが禁止します。体をはって止めます。とても危険なのよ、いま。わかって下

——体をはるって。おれの前で。それより体を開きなさいよ、おれの前で。

——ふ、できないと思ってるんでしょ。開こうじゃないの開いてあげるわよ。

尼崎はおれをベッドから押しのけて、スニーカーをぬいでベッドに上り、大の字になった。

——サキやん、サキやんっての。なぁにやってんだよまったく、ポテトチップ食べるかい、ポテトチップを、食べますかっての。

葛原だった。おれは室内に葛原がいるのを忘れていた。あっと思い、まあいいか、と思った。

——ポテトチップ食べなさいよお。

——あら、ありがとう。でも、葛原さん自分で食べて、わたしはたくさん。お小遣い少ないんだからね。

——サキやん、わかったよ、きょうは止める。このまま行ったら裸にだってなりかねないだろうからな。桜井先生に言っといてくれよ、安心してくれって。

――サキやん食べろってのに。

――ありがとう、いただくわ。花田さん、ありがとう、桜井先生にお伝えします。ほっとするでしょ、きっと。

――目標を失って、薬のせいもあって、なんだかまた眠くなってきたよ、ありがとう、おやすみ、木綿子嬢。

――おやすみなさいませ。いい夢みて下さいね。夜中に起きても食事、わかるようにしておきますから。

――サキやん、ねえサキやんってば、たべなさい、もっとたべなさいって……

二、談話室

――おっ花田さん、やったよあいつ、地下に潜ったよ草川のやつ。行方不明だそうだ。花田さんもいっしょだったんじゃないかって噂してたんだよ、おれたち。

おれは勢いこむ蘆原を右手で制した。深い眠りだった。ほんの一時間の。それを夢と呼んでよいのかどうか、おれにはわからない、透明な球形。大きな、綻びも継ぎ目も穴もない球形。それは、眠りそのものであったとおれには思われてならないのだ。すてきな眠りを眠った。こんなに満ち足りた眠りは……思い起こそうとしても記憶にない。

蘆原が興奮した顔を真赤にしながら、噛みつくようにおれに話しかけてくる、足踏みさえして。談話室には間佐木恭子と藤沢卓行がいて愉快そうに笑っている。藤沢と蘆原直はおれより少し年上、いわゆる団塊の世代だ。間佐木は尼崎と同い年、どうも何かにつけて尼崎を意識して、まあ、はり合っているつもりだろう。やらせておくに限る。限るとは言ってみるものの、こいつのおしゃべりには閉口する。蘆原といい勝負だ。

——な、中庭のあの穴がさぁ、意外に大がかりなもんだったんだぜ、木でつっかいまでしてあってよぉ、七、八メートルの横穴になってたんだ、潜ってみたんだ、おれ。中はまっ暗だったった。草川、毎日毎日掘ってたからなあ、おれたちの時代がまた来るまでは地下に潜るって言ってなあ、もう来んよ、おれたちが生きてるうちにはなあ、なあ、なあ、花田さん。

——来るよ、心配するな、おれが突出させてやるからな、きっとな。おれはもう組織なんかぜえんぜん信じていないから。おれはっきり言っとくが、極左暴力個人だからな。突出してやる。いつか。テロじゃないよ、もうテロの時代じゃないからな、総理大臣殺しても、天皇殺しても、いや天皇なら、いやいや今の天皇じゃだめだ、カリスマ性が昭和天皇に較べれば段ちがいだからな、テロはやらんよ。もっと、きみがあっと驚くようなことをな、いつか……

蘆原と間佐木が大口をあけて笑った。げげげげともげたげたとも聞こえる下品きわまる馬鹿笑いだ。

――は、は、いいとこだぜ、草川の地下潜行といい勝負だ。おれはやらん、おれは理論で勝負するんだ。いや、勝負はついとるよ、おれたちが負けたんだ、負けたんだ、負けたんだ。潜りたいよおれも。草川は電話してきたそうだぜ、これ以降は連絡を絶つ、捜しても無駄だってな……金は持ってないわ、組織はないわ、縁故といってもなあ。あいつ生保で、アパートさえないしなあ。まあどこかで行き倒れるのが落ちだろ、帰ってくるだろ、どうだい、な、な、花田さん。あの、馬鹿、草川昭人の馬鹿野郎が。おれはなぜ負けたか知りたいんだ、圧倒的な権力に負けたって、大衆から離れたから負けたって、おれに言わせりゃな、そんな幼稚園児にもわかるような理屈ではダメなんだ。ソ連スターリニズムが解体した今こそ、おれたちの理論が勝利してもいい時に、おれたちは負けて、負けて精神病院にぶち込まれている。理論なんだ、理論の再構築なんだ。おれは勉強する。

蘆原は口をつぐんで俺たちを見回し、厳粛な口調で言った。

——おれは来年、T大の経済学部に入学する。

藤沢がひとり腰を折って声さえ出ぬような苦しい表情で笑いながら、震える指を蘆原に向けていた。

間佐木がとりすまして、

——蘆原さん、去年は医学部だったのよねえ。

と言った。へへっと薄く笑った。有名女子大の日本文学科で芥川龍之介を卒業論文にしたのを鼻にかけているこの女は。

——勝ったとか負けたとかじゃないと思うよ、ぼくは。必然だよ、必然。時の流れに身を任せるってこと。必然にも気まぐれはあるんだよ、それを、チャンスを敏感にキャッチすることだよ。そのためには時代と、時代の必然とおねんねしなきゃなんないわけだよ。ぼくはいきりたたないね。いくらでも待つよ、ぼくは。昼寝しながらね。歴史の中では勝者も敗者もないってこと。誰でも土に還っていくんだからね。必然をよく見、よく認識すること、必然をねじふせようとしたら火傷するだけのことだよ。ぼくも必然と四つに組んで相撲を取っている気になった時代があったけどね。

――ナンセンス。それ自体敗北主義だわ。必然を認識したら、とことん認知したら、それにどうかかわっていくかっていう主体性が生まれるのよ。戦いの放棄だわよ。藤沢さん意気地がないのよ、たんなる自己満足で一生終わるつもりなんですか、そんな感じね、精神病院に満足しているタイプね、いつまでもいればいいんじゃないですかねえ、ほんと。

この女がいきり立つと止まらなくなる。すぐに燃え上がるのだ。きょうはまだいい方だ、この間、タバコのことで葛原といい争ったときはひどかった。一本のタバコのことで、ふたりはとことん譲らなかった。テーブルに落ちていたハイライトが誰のものかで、ふたりは三十分余りも罵り合っていたのだ。そんな女がサキやんと張り合おうと言うんだからな、笑わせてくれるよ。

――おれはな、T大の経済学部へはいるんだ。T大始まって以来の秀才になってやる。理論だよ、理論。なぜ負けたかを徹底的に解明してやるためにな。

蘆原は力を込める。もう誰もとり合わないのだが。

四人は円卓を囲む。くつろぎの雰囲気が訪れる。蘆原の表情が崩れる。

――おれはな、サキやんをものにしてやる。サキやんを一号にして、村松良子を二号にするんだ。着々と進行してるんだぞ。

——着々とね、いいんじゃない、お似合よ蘆原さんと尼崎さん。ものにしちゃいなさいよ、せいぜいがんばって。

——うん、がんばる。そのためには、だ。学歴が必要だろ。おれは学歴がないから、実力があってもこんな底辺の生活をしているんだ、みていろ、T大の経済学部をトップで卒業したら、サキやんもおれになびくぞ。あいつ、較べているんだ、なにしろこの病棟はT大医学部卒の医者が多いからな。えり好みしてるんだよ。

——あら、帝大解体とかいうスローガンを掲げてたたかったとかいうのはどこのどなたさんたちだったのかしら。看板を上げたり下ろしたり大変だわねえ、商売も。金時計をもらいなさい。陛下にタマハリタル。

タバコの煙が幾重にも棚引いていた。暑かった。冷房はきいているのだが、それでも汗は噴き出してくるのだった。藤沢と間佐木はソファに並んで、端と端に腰掛けていた。おれと蘆原は円卓をはさんで向かい合って立っていた。がっしりした蘆原は、おれを少しばかり見上げるふうになっている。消灯にはまだ少しばかり時間があった。しかし、この、もしそう言い得るならば歓談はもうしばらく続くものと思われた。おれは納得ずくで強い睡眠薬をのんでいて、二十分もしないのになんだかもう効き始めてきたようなのだった。

コの字型になったこの建物の、向かいの室からの光が中庭の銀杏の木の幹と枝を、塊として浮き上がらせる。夏には、見かけは暑苦しい繁りだが、昼間その下にいると陽光をさえぎって涼しい。そこは読書室にも遊戯場にも喫茶室にもなる。おれたちはそこで喜ばしい時を過ごす。中庭の隅の枇杷の木も、実をたわわにつけて熟させている。

おれは思う、中庭の鶏をひねって、ひきむしって、くだいて、裂いて、食い散らしてやろう、あいつは夜中の二時にけたたましく時を告げる不とどきな鶏だ。心がたけるのをおれは水をコップに二杯飲んで鎮めようとした。

――いいか、帝大解体は理念として持ち続けている。権力に直結しているからな。だがおれは、いまのこのおれは、T大に入らなきゃならないんだ、おれの活路なんだ。おれは私立中退だ、三流のな。学生運動を離れても公安と敵のセクトはおれから眼を離すことはなかったよ、いや、いっそうひどくなったんだ。公安と敵セクトが、組織が組織をあげておれを包囲し、日常生活のすべてを見張るようになった。疲れたよ。おれは疲れきったよ。神経がズタズタになった。医者に行った。あげくの果てが精神病院だ。いいか、底辺だぞ。精神病院をタライ回しされて、着いたところがここさ。おれが経験したどの病院よりもここはいい。第一に人間扱いだよ、花田さん、ここが当たり前だなんて思ったらいかんぞ。よその病院はひどい。タバコの本数制限なんて当たり前だ。反抗すると保護室だ。メシもまずいのなんのって。

いいか。おれは底辺を体験した。単なる貧乏とかじゃない。ノーマン・メイラーが精神病院に送られそうになったときに、言ったそうじゃないか――どうか精神病院にだけは送らないでくれ、今まで書いてきたことが紙屑になってしまうからって。そうだよ、おれたちはキチガイのレッテルを貼られているんだよ。おれたちの言ったことは、みんな、みいんな気違いのたわ言にされてしまうんだ。

それで、だ。おれはT大、T大卒というレッテルを利用してやるんだ。ハクだよ、権威だよ、おれが求めているものは。そうすることでキチガイから脱出するんだよ。信じちゃいねえよ、T大の権威なんて。

――ねえ、コーヒーかけていい、襟首からコーヒー入れていいかしら、蘆原さんの。熱いわよ。

蘆原はもとより、おれも藤沢もぎょっとした。間佐木は本気らしい。ただ、蘆原の了解だけはぜひともとりつけたいと思っているらしいのだ。つい今しがたいれたばかりの、熱湯のインスタント・コーヒーなのだ。

藤沢がとりなすように言う。

——やめな。しばらくすれば気分が収ってくるよ。馬鹿なことはしないほうがいい、蘆原君が君に何か悪さしたわけじゃないだろう。落ち着くまで、みんなで付き合うよ。ほら、蘆原君も花田君も座ったよ。テーブルにカップおろして。

——ねえねえ、そっと流しこむだけだからね、悪いと思ってるの、でもこの手がうずいてしょうがないのよ、お願い。

——さあ、こちらがお願いするよ、落ち着いて。カップをおろそう、テーブルの上に。

——命令が聞こえるのよ、私、命令されているの、蘆原さんの首筋に、熱いコーヒーを注ぎなさいって。聞こえてくるのよ。

おれは藤沢に目くばせして、間佐木の背後にまわる。二の腕をぐっと抑えつけた。藤沢がカップに手を伸ばす。と、間佐木は手首を捻って、円卓の上にコーヒーをぶちまけてしまったのだ。

——ああ、よかったわ、よかったわ、コーヒーに毒が入っていたかも知れないんですもの。

——よかった、よかった、終わってよかったと蘆原は皮肉っぽくつぶやく。

三人は間佐木が小刻みにふるえ出し、眼がすわり、身体がこわばってくるのを見いだす。時折起こる発作なのだ。

——さあ、間佐木さん、ソファーに横になろう。水を一杯飲むかい、すぐ収まるよ、横になって眼を瞑ろう。藤沢はこうした時、よく気がつく。

蘆原もまた、看護室に毛布を借りにとんでいった。人のいいやつら。こんなおれたちが、なんで精神病院などにいなけりゃあならないんだ。ほんとに、いいやつら。おれのうちらに、せき上げてくるものがあった。おれは立ちつくしていた。腹の底から胸のうちに、そして喉元にと、かたまりが突き上げてくるのだ。おれは到底、それをとどめることなどはできはしなかった。おれは口を大きく開けて深く息を吸いこみ、吐き出した。眼からは水がつき出るように溢れてきた。

おれは、それが至福感であることも知っていた。躁と鬱の繰り返しの中で、おれはそれを幾度も幾度も経験してきた。それはこの世界との一体感なのだった。ひたり切るしかないものであった。おれは立ちつくした。

藤沢と蘆原は間佐木をねかせつけて毛布を掛けてやり、安楽椅子に深々と腰掛けて向かい合っている。ふたりとも汗をかいている。

寒い。おれも汗をかいている。しかし、寒い。風邪をひいているのでは決してない。何か、底冷えがしてくるのだ。歓喜の中にいて。

——寒いなあ、花田さん、冷房を止めてくれよ。蘆原が言う。

——止まっているよ、窓も閉まっている。

——寒い。

——寒い、たまらないなあ。まるで氷河期の始まりででもあるみたいだなあ。

——藤沢君の言う通りだよ。まるで、世界中の人間が凍えて死んでしまって、おれたち四人だけが生き残ってここにいて、そして……そして、ひとりが死にかかっていて、おれたちが四人してお互いの生命を守りあっているみたいだ。それにしても花田さん、きみの表情は何か、何かこう輝いているな、この寒さの中で……。

——来たんだよ、蘆原君、来たんだよ例のやつが。

——そうか、来たか。大変だな。しかし、おれもそいつを体験してみたい気もするなあ。何かこう、別世界だろう。

——そう、人外魔境とでもいうかな。いや、それ以上のものだな。そう、表現する必要さえない何ものかだよ。

——そうか、そんなものかも知れんなあ。ところで藤沢君、この、死にかかっている世界におれたち四人いて、おれたちは連帯しているんだろうか、なあ藤沢君、どうだ。

——ノーだ。もちろんだれひとり連帯していない。

——そうなんだ、それが大事なんだ、おれたちは断乎として連帯していない。そうだろう、花田さん。

——もちろんだよ、おれたちは決して連帯しているんじゃあないのだ。ひとりなんだ。寂しいとか、光栄あるとかいった形容のつかない、ひとりなんだ。

おれたちは深い了解の中で、充実した沈黙の時を持った。

——暑いわねえ、あら皆さん、そんなに汗をかいて、冷房もつけてないじゃないの、窓も閉めて。お静かなこと。花田さん、ジーンズのポケットに入っていたお金、お返しします。もう外出の心配もないから。でも、できればあすあさってても病棟にいてね。はい、千円札が七枚と五百円玉が一枚。たしかに。

尼崎がにこにこして談話室に入ってきた。金だって。おれは五百円しか持ってなかったんだぞ、「昭和六十二年」の。どこから湧いてきたんだ七千円は。おれは撃たれたようになった。あのビアホールの女が……。それにしても、うむ。賃金を前借りしておれに貸してくれるぐらいのことはやりかねない。おれは胸のうちで彼女を、彼女の裸身を抱きしめた。あるいは幸子が……。おれはあらためて幸子を抱きしめる。

——みなさん、そろそろお休みになったら…… 間佐木さんのお世話ありがとうございます。あとはわたしが見ますから。もう少ししたら気分が戻るわ。そうしたらベッドまで送りますからね。わたしにまかせて。花田さんは眠くないのかしら。

——いや、少し眠くなってきてるよ、サキやん。

——おうおう、サキやん、坐れよ、おれたちと少しは話をしていけよ、なあ藤沢君。

——そうだよ、たまにはゆっくり話したいもんだよ、サキやんとね、ぼくも。

おれは……。おれはじつに……。何を見ていたのだったろう。何に触れていたのであったことか。あの長い髪、額、紅をさしたような唇、皓い歯、ぬめる舌、紅潮した頬、少し上を向いた鼻と意志的な顎。ビアホールの女は幸子その人だったではないか。何をうかれていたのか熱に浮かされていたとでもいうのか。鎖骨の上にうっすらと浮き上がった静脈、たっぷりとした両の乳房。幸子だったのだ、忘れることのあり得ない腰と尻、ヴァギナとクリトリス。そこからの蜜の味、たしかに幸子だけのもの……。腿、ふくらはぎ、膝小僧、かかと、足の指の一本一本。

なによりもあの双眸だ。深い池のような。おれの顔を映すあの眸……。どこからどこまで幸子の刻印がなされていた。あいつ……。

——花田さんも座ったら。小説読ませていただきました。凄いわね、このグロテスクな乱痴気ぶりは。女性ばなれというよりは日本人ばなれしてるわよ、この非人情ぶりもね。不人情じゃあないと思うけど。

——そこ、そこ。わかるだろう、おれが直接会って礼をいいたかった気持。

——わかります。だから、わたしがお礼を申し上げます。行かないで我慢して下さったことと、いい小説を読ませていただいたこと、ありがとうございます。

——おうおう花田さん、そん、そんな凄い小説があんのかよ、読ませてくれよ、おれにも、ねえ。

——ぼくも読んでみたいな。

——花田さん、雑誌の余分持ってる。

——いや、サキやんに渡した一冊だけ。

——じゃ、わたしコピーとるわ。そんな長い小説じゃないから。

――じゃあぼく、コピー代出すよ。蘆原君の分も。蘆原君きついんだろ。

――まかせなさい、高給取りの看護婦に。読書会やりましょ、あさっての昼休みにでもね。あしたは夜勤明けで寝てるから。

――ようよう、サキやん、パジャマかい、ネグリジェかい。

――どてらよ、どてら。ったくもう、中年の男どもめ。しょうがないなあ、うら若き乙女をつかまえて。

――うらわかき三十六歳、ヴァージン。

――そうそう、奪えるものなら奪ってごらんなさい、全共闘世代諸君、待ってるわよ。じゃあおやすみなさい、わたしの夢見ていいからね。みなさん眠そうよ、よおく眠って早く退院しましょ。

三、四号室

四号室は大部屋だ。六人分のベッドがあって五人が入院している。五つのベッドがうまっていると、ちょっと息苦しいのだ。おれはカーテンを開いて部屋に入った。

部屋の両端にベッドが三台ずつ並んでいる。頭を向け合わせるように男たちが寝ている。部屋の中央にはテーブルがあってビニールのクロスがかかっている。二脚の堅い長椅子がテーブルをはさんでいる。どれもごく粗末なものだ。おれのベッドの脇の蛍光灯スタンドがフットライトになっていて唯一の灯りである。鼾の音がかまびすしい。何せ四人分だからな、とおれは思う。と、長椅子に菅沼が掛けていて、タバコの火が浮かび上がっている。おれが近よっても、俯き加減のままだ。

テーブルの上には十個以上の、ガスのなくなった百円ライターが立ててある。はずみで倒れることもあるが、いつの間にか菅沼が立てておくのだ。時折おれは、そのうちの任意のライターでタバコに火をつける。五回ぐらいリングをこすると弱々しい火がつくことが時にあるのだ。だからおれも菅沼も、捨てない。同室の葛原正やチェウォンジュンも、タバコをテーブルで吸うときに、ちらとライターを眺めるが、捨てろとは言わない。それぞれ干渉し合わないことが最善だという暗黙の了解が成立しているのである。

——花田さん、きょう、わしおかしいけ。

——おかしいことないよ、なんにも。ちょっと元気ないかなあ。

——わし、ちょっと元気ないけ。

――うん、ちょっとや。ちょっとだけや。

ほのかな灯りのなかで菅沼の頬に涙がつたっているのがわかった。菅沼の泣き顔を見るのは初めてだった。泣くことによって、平生のユーモラスな表情が洗い流され、本来あったであろう端正な顔だちが表れていた。

おれは黙って、物音を立てないように手ばやくパジャマに着換えた。

――この人この技、栃の海の上手出し投げか。アントニオ猪木か。

――アントニオ猪木もええ歳やろ。いくつぐらいかなあ。

――アントニオ猪木が昭和十八年生まれやということも知らんがか、何知っとんのか花田さん。

――お手上げや、おれは本当に何にも知らんわ。菅沼さんには負ける。

――子供、寛子ていうんや。なんで、倍賞美津子が、なんであんなアントニオ猪木と結婚したんや。

――愛があったんや。

――愛があるてどーゆーこと。

――それはやなあ、ふたりがお互いをよう知りおうて、いたわりおうて、やさしい気持ちでおることやろ。

——一生あの日は返ってこんがやろ。

——そうやねえ、せやけどそれは誰でものことや。

——ほおお。

——さっき泣いとったみたいやな。

おれはテーブルの上の灰皿にタバコの灰を落とし、菅沼と少しの間をおいて並んで腰かけた。両切りのタバコを深々と吸った。

——なおみちゃん大好き、ぼく満足てどーゆー意味や。

——なんやそれ、テレビか、おれはこのごろテレビ見んからなあ。チャンネルのとりあいもかなわんし。それはやなあ、多分、それはやなあ、多分、なおみちゃんをぼくが大好きで、ちゃんべしたんや。それでぼくは満足や、と。こうなるわけや。

——ほんとかいやぁ。

——ほんとや、そうに決まっとる。

——ほんなんか。若乃花の子供は場所中にチャンコ鍋かぶって死んだんか。

——そうや、おれがまだ小学校にはいる前やったと思うわ。

——わしはぁ、菅沼さんはぁ、あんたに、花田さんにわかっとって聞いとるがか。

——せやせや、そーゆーこと。

——そやろ。

——そうや。

——最近めっきりおとろえた、て誰のことや、わしのことやないけ。ちかごろおかしいやないけ。

——そうでもないよ。誰にでもある心の、いっときの弱りや。平ピンを思い出しとったんやろ。

——そうやろと思う。八七年七月に入院したときに、平ピンに病棟のことやベッドやロッカーのことを教えてもろたんや。忘れられんわ。花田さんは。

——八八年六月十五日や。それから入院が五回や、会社もやめてしもた。

——五回か、わしは一回やぞ、入院一回やぞ、一回も退院しとらんがや。

——そうやなあ、いつまでも入院しとってはあかんなあ。

——そやちぇん。退院したいやちぇん。ひとりでは、わしはくらせんがか。

——ちょっとひとり暮らしは無理かも知れんなあ。タバコの火の始末も、よっぽど神経つかうことやからなあ。平ピンにも注意されたんとちがうけ。平ピンやめてもう一年以上になるもんなあ。

――せや、平ピンはやめたけど、去年の夏に来たぞ、病棟に。

――ほんとか、会いたかったなあ。いま、何しとるんかなあ。菅沼さん、それ思て泣いとったんか。

――ほんなんかなあ。平ピンの写真持っとんのやろ、花田さん、本にはさんで。わしはなんで泣くがかなあ。

――うん、泣かんとき。笑い。

――ほんでもわし、おかしいことないもん笑えんがや。

――うん、そうか、それでも菅沼さんの笑顔はええわ。

――ほうか、ほんなんか。ありし日の力道山のユーシてどーゆー意味。

――また。わかっとって。

――ほんなんか、わしはわかっとって花田さんにきくがか。力道山はぁ、昭和三十八年の十二月に酒場でチンピラともみ合いになって刃物で刺されて死んだんぞ。わしが中学一年のときやった。何日や。

——おれは小学校六年のときやった。日付まではよう覚えとらんわ。冬休み前や。

——力道山は関脇になったやろ。

——なった。三役で相撲からプロレスに転向したんや。おれが幼稚園にも入る前のことやった。

——そやちぇん。ありし日の力道山のユーシやちぇん。花田さん、今何時や。

——十二時、零時二十分や。

——わしは九時五分か六分か七分に寝たんや。ほんとやぞ。ほんで十一時五十四分に起きたんや。三時間も寝とらんわいや。

——つらいな。

——おおう、つらいわい。

おれは三本目のしんせいを揉み消す。ベッドに入る。菅沼はしばらくテーブルにいたがやがてベッドに入った。

——ちんぽ立つ立つ九十度てどーゆー意味や。

——お互いに四十すぎるとだんだんにあかんなあ。

——そや。気持ちええことねえちぇん。失敗したなあ、またティッシュペーパー買いにいかんならんなあちぇん。

——せや、うまいことやらなあかんちゅうこっちゃ。

三メートルばかりはなれての、大きな声の、かけ合いになっている。目が冴えてしまった。ほかの三人は熟睡しているようだ。えい、かまわない。続けよう。

——花田さん、みんなについてけんちゅうことは、弱いんか、セーハクていうことか。

——ちがう。そんなことない。こころの弱りや。からだ全体の疲れや。

——ふうん。晩ごはん、うまかったけ。

——ちょっと食べて残したわ。おれにとってはうまいことなかったわ。

——花田さんにとっては、やろ、わしにとってはうまかったぜ。菅沼さんにとっては。

——ひとそれぞれや。

——そや、ひとそれぞれや。うまかったぁ。恋人役てほんとに愛しとるんか。

——ドラマのか。役の上だけや。ほんでもほんとうになってしまうことあるなあ、百恵みたいに。

——そや、ある。子供おるんぞ、男の子がふたり。大鵬や王貞治は子供、男の子産めんがか。

――自然の恵みやからなあ。なんともしゃあないなあ。

――そや。大鵬は女の子が三人やぞ。その三番目の女の子と、二子山部屋の貴闘力が結婚するんや。

――くわしいなあ。かなわんわ。

――美人て房錦ていう意味か。

――なんやそれ、知らあん。美人て房錦ていう意味なんか。

――そやろがい。花田さん、わしは五十まで生きるがか。

――あたりまえや。大丈夫や。おとうさん八十過ぎやないか。

――さいきんめっきりおとろえたてだれのことや、わしのことやないけ。五十まで生きらんかも知れん。

――そんなことないよ菅沼さん。

――ちかごろ亡くなった人のことをここへきて言うようになったなあ、現在この世におらん人のことを言うようになったなあ。

――そうやねえ。

――八八年ごろはほんな話せんだにい。

——そうや、あのころはそんな話せんだ。それに、こんなにいろいろ話をしてくれなんだわ。

おれはペニスに触れてみる。萎えている。陰毛を一房つまむ。ビアホールの女・幸子の陰毛がまざまざと思い出される。ペニスは少し固くなり始める。

——平ピンの写真、十五年前のか。

——せや、そういう戦争もあった。

——センソオ。

——そうや。そういう戦争もあった。十五年もたてば世の中も人もかわるわいや。平ピンも汚れなき乙女やった、いうことや。泣くと笑うは心の揺れや。笑うが勝ちや。

——おれがなんで泣いとったんかわかるんか。

——心の揺れや。

——心のゆれてどーゆーこと。

——それは、や。自分がどうしてええかわからん、ゆうことや。

——そうや、どうしてわかるんや。

——いっしょに、ずうっと、暮らしとるもん。

――ほんなんか。

菅沼は起き出してタバコに火をつけた。しばらく黙っていた。おれは便所に立った。ビアホールの女・幸子。おれの心はどこにあったのであろうか。今ごろ、労働の疲れを癒して風呂にでも入っているのだろうか。七千円は重い金。ビアホール一日の労賃ではないのか。働くのをいとう女ではない。おれが退職金も失業保険も使い果たしたとき、支えてくれたのは幸子だった。

おれは比較的長い時間、便所にいた。

――お小水か、お通じか。

――糞や、うんこしとったんや。

――ふうん、ほんなんか。

おれもタバコに火を点ける。深々と吸いこむ。タバコさえあったら、何にもいらんな、とおれは思う。

――花田さん、わしはタバコばっかり吸うとるやないけ、ペプシ・コーラ飲んで。きょうはタバコ四箱吸うたぞ。もう、十六本しかないぞ、四箱を別にして、や。五箱買うたということや。それにペプシ・コーラ四本や。いくらになるんや。タバコが二百二十円やろ、五箱で千百円やないけ。コーラが五百五十円でえ、千六百五十円やぞ。一円もかせいだことないもんがなあ、四十三年間。父親が東松山から、月曜と金曜に金持ってくるがやないけ、杖ついてなあ。いつまでもつづくもんやないぞ。そやろ。

——そうやなあ、まあ、覚悟はしとかなあかんやろ。

——そやろ。そやちぇん。親子やろ、親がとしとったら、子供が養わなあかんのやろ。

——そうやねえ。それはまあ、普通はそうやろなあ。

——三年前は、看護室で帽子とって挨拶しとったて花田さん言うとったやろ、そうやろ。今はバス停のベンチで話しとるんやぞ。わしの父親どうかしとるんとちゃうけ。バス停で五千円札一枚と千円札二枚わたすんや。ひとが見とるやろがい。一日に何回も迎えにいくがやぞ。いつ来るかわからんと。

——そうやったんか、それで最近、姿を見なんだか。

——親のいうことはきかんならんのか。

——まあ……、そうやなあ。

——わしに、あんまりタバコ吸うなていうとったかい。

——いうとった。

——わしは退院したいていうたがやぞ。この病院に八七年からもう満六年、わしは四十三ぞ。十九の時から精神病院におるがやぞ。退院したいいうのがわからんのや、父親は。親のいうことはきかんならんのか。

——うーん、それはなあ。

——花田さん、精神病院て首から上の病気か。そうなんか。

——いや、ちがう。全身にかかわっとるよ。全身がかかわっとる。

——脳の病気とちがうけ。

——脳もかかわっとるけど、脳も、全身も、家族も、友達も、社会もかかわりあるよ。それが全部、ぜえんぶ変らんことにはなあ。

——ひとりでぇ、くらすのは無理とちがうけ。

——うーん、今の状態ではなあ。メシのことや、洗濯や、タバコの始末やらあるからなあ。きついなあ。

——そやろ、わしには友達もおらんがい。病院の外行くやろ、知らん人ばっかりや。病棟でも友達はおらんぞい。あんたおらんと話し相手がおらんがや。

——うーん。おれもいずれは退院するよ。

——そやろ、花田さんも退院するがやろ。わしは知らん人ばっかりや。うちの親か仲富先生しかおらんやろ。

——ほかの職員もおるよ、サキやんやクロスンや、金時や、飯場ちゃんや。

——ほうか、ほんなんか。ほうお。

——そうや、菅沼さんのこと考えとる人はようけおるわいや。

——ほんまかいや、わし、タバコ買いに行くやろ、ペプシ・コーラ買いに行くやろ、外に出るのんは、それだけや。知っとる人おらんぜ。わしのことを、や。

——おれかてそうや、知らん人ばっかりや。それに、この病気になってから、友達がどんどん減ってったわ。

——ほんなんか。

菅沼はつぶやくように言って俯いた。おれは床頭台へ三歩歩いていって、新しいしんせいのカートンを開けてひと箱とり出した。

じっさい、音をたてていった塩梅に、知人友人はおれから去っていったのだった。おれは、そのきっかけとなったおれ自身の言葉や行為を思いおこして、後悔にくれる夜々を持つことがしばしばだった。しかし、今は、むしろさばさばしていた。極左暴力個人だからなあ、おれは。つるまないよ、おれは。

だあれも知らんだろう、おれと菅沼が、深夜、こんな会話を交わしていることなど。おれはこの会話に力を傾けている。深い充足を感じている。あえて、あえて言うならば、いま、菅沼はおれの同志だ。おれたちは生のさ中にいて、生そのものを論じ、そしてまさに生きている。

今、ここにおいて、都心にほど近い大学病院の精神科病棟の一室で、ふたりの〈精神病患者〉が眼ざめていて、いのちの対話を交わしている、ただふたりだけが、という思いが、あやしいまでにおれのみぬちをかけめぐるのを、おれは覚えたのだった。

――四号室て縁起が悪いやないけ。死、やろがいや。

――死か、だれでも一度は、一度だけ死ぬわ。

――なんで生まれてきたんや。自分で生まれたいと思て生まれてきたんやないんけ。

――そやないよ。

――そしたら何のため。

――生きるためや。

――精神病院に入院するために生まれてきたんやないがか。

――そうやない。絶対にそうやない。

――そうしたらなんで、二十四年も精神病院に入院しとるんや。

――うーん、それはなあ。

――退院したいんぞ、わしは。花田さん。わかるけ。

――うん、ようわかる。

――どうしたらええがか。

おれは黙りこんだ。どうしたらええがか。父親や職員に相談して、というような気休めを言うことはもはやおれにはできなかった。どうしたらええがか。それは、おれがしっかりと受け止め、抱き続け、忘れてはならない問いかけだった。

――タバコ、もう九本しかないわ。朝まで持つやろか。朝まで持たさなあかんわ。わしの父親はわしに、あんまりタバコ吸うな言うとったけ。

――おう、言うとった。六時半に中庭の扉あけるまで持たさんならんなあ。

――そやちぇん。これ五箱目や。六時半まであと五時間、九本で五時間は持たんわ。

――持たんなあ、その吸い方では。三時間しか寝とらんのやろ。ちょっと横になったらええねや。どや。

——そやなあ、ベッドに横になろか。

おれは、噴きあげ突きあげてくる喜びの中に、にがりのように菅原の問いが投げこまれたのを感じた。続けざまにタバコを吸った。

夕刻、看護室のドアの内側に貼りつけてあった一篇の詩の、アノニムの詩の最後の五行を思い出していた。

とびらが　しまると
そこは　ただ　ながーーい　さびしげな　ろうか
とびらが　ひらくと
まどから　ひかりが　さして
わたしたちの　こころの　とびらも　ひらけるところ

おれの、こころの　とびらは　ひらいているだろうか。おれは、閉ざす。そして開く。つねに閉ざしており、つねに、そのことによって開いている。

菅沼の鼾が聞こえ始める。

四、長椅子に並んで

四号室の敷居を懐中電灯が照らした。しばらくその光はそのままだった。おれは、この十時間ばかりの間に起こったことから受け取った印象をまとめかねて、まだ長椅子から立ち去りかねていたので、いち早くその光を認めた。静かにカーテンが開いて、光は床を照らした。

——あら、花田さん、眠れないの。

——大丈夫。心配しないで。充分眠ったあとだから。

——藤沢さんも蘆原さんもよく眠っているわよ。あ、もちろん間佐木さんもね。

——あいつら、草川のことで大変だったみたいだな、草川の奴もよく掘ったもんだ。どこまで掘るつもりだったんだろうなあ、あいつ。昼メシも食わないで、なあ、サキやん。

——もうおれの出番はなくなった、て言ってたわよねえ、草川さん。もう一度おれたちの時代が来るまで、地下に潜るんだって。

——たしかに、おれたちの出番はなくなったように見えるよ、しかし、おれはね、そうそう簡単には諦めないとだけ言っておくよ、サキやん。

——そうねえ、花田さんらしいとわたしは思うわ。

——座れよ。菅沼さんの指定席に。

——はい。

——草川は何日かたったら、救急車でまたここに運ばれてくるだろう。あいつ、家も金もないんだから。あいつにアジトがあるなんてちょっと考えられないからな。

——おそらく……そうかも知れないわね、彼。病棟でだって孤独がちだったんですものねえ。

——どこかの駅の地下で新聞紙を敷いて、今頃眠ってるだろう。革命の夢でも見ているんじゃないか。

——ギロチンの夢だけは見てもらいたくないわ。

——これ、言葉をつつしめ。

——すみません。

——おい、鍵持ってるだろ。

——持ってます。

――開けろよ、中庭。湯島へ行こうよ。金あるんだから。

――ふ。今度ね。楽しみにしてるわ。

光面をテーブルにむけて垂直に立てた懐中電灯の光の輪が、おれと尼崎をつつむ。おれの至福感はいやまさる。いま、そしてここ。向かい合うよりも、並んでともに前途の同じものを見つめること。どのような前途であれ、決してそれから眼を逸さないこと。おれはいま、おれ自身に対してそれを課した。

――わたしだって病んでるんだから。

――えっ、何だって。

――わたしだって、心を、関係を病んでいるのよ。

――了解する。おそらく、関係を病んでいないなどと頑として主張できる人間など、いるはずがないんだ。社会の規範の中で、落ちこぼれないで、病んでいることから眼をつむって、必死になって背筋を無理矢理しゃんと伸ばして、健常者でございってさ、がんばっている奴らが大部分なんだ。おれはがんばり切れないで、病院に来た。病院に来たからこそ病名もつき、そして立派に〈精神障害者〉になったわけさ。もちろん、サキやん、きみも立派な病者だよ。……おれは思うんだが、〈精神障害者〉をこんな狭い病棟に閉じこめておくのはまちがっているよ。……できればひとりにひとつ、ゴルフコースぐらいの、大きな土地を与えるべきだよ。なぜ、ゴルフコースというかは判るだろう。あいつらの土地だよ、あいつらの。

――わかるわ。わたしにお金があったらといつも思う。現実は……私の月給いくらだと思う。

――二十七八万。……もうちょい、か。

――あーあ。とてもとても。暮らしに追われているだけですわ。映画だって月に一度か二度。新聞の、新刊の広告を見るたびに、ため息。

――おれは新刊の広告をしばらく見ていないね。あんなに精神衛生に悪いものはないよ。月に一回、神田まで歩いていって、百円の台を漁って歩くだけだ。これがね、じつに、いいいものだよ。商品価値と精神的価値はちがうからね。

――わたしも好き、それ。百円の台は宝庫だわ。これ、胸に手を伸ばすでない。その伸ばした手に、これを上げましょう。

尼崎はおれに紙の束を渡した。原稿用紙のコピーだった。尼崎のきれいに整った文字がびっしりと並んでいるのが辛うじてわかった。懐中電灯で紙面を照らすと反射してまぶしかった、光量を調節した。読み始めた。おれは思わず尼崎の顔を見た。いつもはくりくり動いている眸が静まっていた。その眸に原稿用紙のコピーが映っていた。

——これはあの、今月号の小説の……。書き写してコピーしたのかい。

——夜勤のわたしに、そんな時間があったでしょうか。

——じゃあ、これは……。

——作者に直接会ってお礼が言いたいって言ってましたよねえ、花田さん。

——サキやん、いったいこれは……。

——直接お会いして、お受けするわよ、花田さんのお礼の言葉を。この春、アパートで一生懸命に辞書をひきながら書き上げたんです。

——ちょっと待ってくれ、おれは何か、こう、混乱してきたようだ。

尼崎が長い髪をかき上げた。裸の首筋がおれの眼を撃った。紅を差しているような唇だ、静まりかえった眸だ。裸の顔と首は、何と……。何とほかでもない……。

——どうしたんですか、夕方はあんなに誉めそやしていたのに。わたしの作品とわかったとたんに、ダメなの。

——いや。いや。とんでもない。おれの鑑賞眼にかけて言うが、これは傑作だ。この、グロテスクの力はただごとではない。これは再生の勇気を与える。街に出ていって出会う人出会う人ごとに挨拶したくなって、それだけじゃなくて抱きしめたくなるような、そんな小説だ。ありがとう。ありがとう。

――うれしいわ、花田さんにほめていただいて。全力で書いたんです。

――春、アパートで、か。辞書をひきながら……。いったいきみは、その唇は、そのふたつの眸は……。デスクじゃないだろ、卓袱台でだろう。

――ええ、そうよ、もうおわかり。

――いや、だめだ。おれは、これがキチガイの妄想だなどと思われたくないのだ。確かめなくちゃならん。確かめなくては。脱いでくれ。どうか裸になってくれ。

――いいわ、脱ぎます。

彼女は手早くTシャツとジーンズと下着を取った。おれは、その裸身に光を当てることをせず、フットライトとテーブルの上の懐中電灯からもれる光だけで彼女を見た。特徴ある鎖骨、半球形の乳房、くびれた胴、縦長のへそ、その下の陰毛。おれは手を伸ばしてその陰毛のひと房をつまんだ。

まぎれもなく彼女こそは、アパートの卓袱台で小説を書いていた女、おれを冷たく突き放した女、ビアホールの朝におれと歓びを共にした女だった。おれは、抱きしめる。
——そうよ、わたしはサチコ。わたしは心を病んだ、わたしだけのわたし……。

（一九九三・六・一三・本郷・朝霞）

せめてはふるえよ

——妻への手紙（Юмя、Торяだよ）

私はこの原稿を本名で書く。多くの精神病者が、それも実に圧倒的多数の人々が、たとえば病者集団のニュースに、新聞の投稿欄に、匿名で書いている。それはまったく切実であるが故に妥当なことなのだ。

むしろ私は特例であって、匿名で書く人々を批判する気持ちなどつゆさらない。彼らの切実さは、「精神病」であることを知られることによって、地域社会での生活をたいへん不自由なものにされることから始まって、生存そのものを脅かされるに及ぶことが、容易に想像しうるからである。

彼らは多く、地域社会で身を小さくして生きている。どうかキチガイであることを悟られませんように。

私は「彼ら」と書いた。何と冷たく響くことばだろうか。あたかも私がその一員ではないかのように。そうだ、私は「仲間」を求めない。精神病者の多くが切に切に仲間を求めているというのに。私もかつては仲間を求め、少し冷たくされると絶望した。

希望という生ぬるいやわなものを抱かなければよいのだ。絶望の地点に足を踏みしめて、新たな自己と世界の像を求めて攻め上げていけばよいのだ。無一物にして単独なる者。四半世紀前、政治―文学的高校生であった私は、安部公房の次のことばを繰り返し胸に抱き続けたものだった。

明日のない希望よりも
むしろ　絶望の明日を

安部公房の先達、石川淳にも同じ趣旨のエッセイがある。絶望をこそ。いや、そこから自己の新しい生を追求するのだ。

実際、私は精神病者ほど強く自身の新しい生、明日を、求道的といっていいほどに求めている人々はいないと思う。

発病（と医者に認知されて）より十一年余、私は会社の同僚より、地域社会の友人より以上に同病の友人たちとあい親しんできた。六回ほど入院した。その結論である。

私は、ロシアの僧院におけるアリョーシャ・カラマーゾフであるかの如き錯覚に陥ることがあったことを告白する。

糸の切れた凧のようにみずからの生きるテーマを失って漂流する無数の現代人の中にあって、「生きたい、癒えたい」という巨大なテーマを刻々に抱く精神病者は、そのひとりひとりの存在が、めざましいドラマである。だれでもよい、任意の精神病者を指さして「エッケ・ホモ（この人を見よ）」と言うことができるのだ。森山公夫著『和解と精神医学』の中に「聖と俗」という項があるが、たしかに精神病者は俗世のただなかにおいて聖別された存在であると言ってよい。

『私ひとりは別物だ』

孤高の詩人田木繁の詩集のタイトルである。思い上がりでもなんでもない。詩人はそれぐらいの気概がなければ詩をつくってはいけないのだ。私は自身を田木に擬するつもりはないが、このことばに私の心は強く共振共鳴する。私は何よりも個でありたい。

これは、私が精神病のなかでも躁鬱病であることに大きくかかわっていることがらであるに相違ない。「それが病状だ」といわれてもかまわない。たしかに、躁鬱病者のテーマは「自己」なのだ。漱石が、その文学的道行のなかで「自己本意」という境地を確立し、さらに修善寺の大患を経て「則天去私」に至ったことも連想されうるであろう。

私は文学病なので、千人でも作家・詩人・評論家の名前を挙げてこの文章を書き綴ることができるが、それは慎もう。この「私は」「私は」もまた、石川淳が作家活動の最初に立った地点「佳人」を想起しているのである。自己を語ろう。

私は今年（一九九四年）一月に発表した小説「イデオローグの冬」の主人公・躁鬱病者花田にこう語らせている。

「じっさい、音をたててといった塩梅に、知人友人はおれから去っていったのだった。おれは、そのきっかけとなったおれ自身の言葉や行為を思いおこして、後悔にくれる夜々を持つことがしばしばだった。しかし、今は、さばさばしていた。極左暴力個人だからなあ、おれは。つるまないよ、おれは。」

「いま、ここにおいて、都心にほど近い大学病院の精神科病棟の一室で、ふたりの〈精神病患者〉が眼ざめていて、いのちの対話をかわしている、ただふたりだけが、という思いが、あやしいまでにおれのみぬちをかけめぐるのを、おれは覚えたのだった。」

おぼつかない足腰であっても自力で世界の「いま、ここ」に足を踏みしめるのだ。そこからしか始まらない。その時、直接ことばを交し合わなくても、この世界に立っている多くの友人たちの魂が共振しているのを感じとることができるだろう。セネガル大統領にして詩人・サンゴールは「デカルトのコギト・エルゴ・スム（我惟う故に我在り）に対置するに〝我他者を感じ踊る故に我在り〟が第三世界の原点だ」と語ったが、障害者はまさに第三世界―内の存在なのである。

われわれは既存の価値観に、いやらしくもまとわりつき、これを食いあらし、腐食させる存在とならねばならない。立派な抵抗者である必要はない。他者を感じることだ。そのためには充分に孤独である必要がある。

私は強い鬱のなかで躁的なものを感じ、それを「躁が鬱をあおっている」と表現したことがある。いわゆる躁鬱混合状態である。そうしたなかで、ことばが生まれた。四年ほど前のことかと思うが、今もその時のことばは思い出すことができる。

世界の檻

屈辱を重ね合わせると新しい生が開く
ここにいびつな薔薇一輪
濡れた砂の上に鉄条網ははりめぐらされ
ひとりの男が

贋造の貨幣を拾いつづける
月光に、額の痣が鮮かに青い
通信　叫びは封殺されねばならない

私は詩の形をとった自分のことばが好きだ。それは微妙に危い時期の真情が、具体的なモノを媒介として映像として定着されえたからである。
そして、これは日付がわかる。私は躁的な状態のなかで、墨くろぐろとあやめもわかぬ酒乱の日々にいた。一九八七年五月二十三日土曜日の朝。

われわれを踏みとどまらせるのは
蟬のいる樹海
という不完全なジグソーパズルの
匂い。
私は強いられるものを
靴の底から感ずるが

偽りの意志への
軽視がそれをとどめる。

明日はT－Kが
脂肪のたっぷりついた肝臓を
彼自身のそれを　料理してくれるという。
薔薇の蕾がひらくのを
じっとみつめ続けるように
私は自分の行き先を決めるだろう。

実に、考えようによっては、躁鬱病以上に私を支配したのが酒乱だったのだ。土曜日の朝にできたことばだというのが暗示的である。酒、酒、酒、酒びたり。きょうは三十五度の焼酎を一升五合呑んだといっては人に自慢してすごし、ふと休日の朝に我に返ったときにつきあげてきた言葉がこれだ。私はそのころ通院中で、入院することを、正真正銘のキチガイの烙印を押されることだと怯えて過していた。

主治医から「酒が過ぎると話をつくるようになりますよ（なってますよ）」と言われたのもこのころである。端的に言えば、ウソツキになっていた。妻にウソをつき、会社の人々にウソをつき、主治医にウソをついた。見抜かれていたと思う。私はざんげとして言うのではない。

この日の日記に「妻の厳命で七時眠剤。（略）妻くたくたである。みんな殺したいという」とある。

妻もまた充分に心を病んでいる。私は三年前に出版社をやめた。二、三の会社に勤めたが、鬱のため長続きしなかった。春雨のなか、新しい職場の手前の駅で降りて次々にカンビールを飲みながら、出勤できないままに雨に打たれる桜を眺めながら時の経つのが恐しく痛かったのを覚えている。一九九三年二月、最後のビールを飲んで私は酒をやめた。

私は〈私的〉にですらなく、あまりにも〈個的〉に語りすぎてきたであろうか。場所柄もわきまえずに。

多くの精神病の友人たちが、まず大状況を語りはじめる。私はそれを否定しない。しかし、私自身は、〈個〉を煮つめることをこそ真情の欠くべからざる表現であると考えるし、それ抜きの大状況論には魂を見出すことができないのだ。

私がもう一度観たい映画は、アメリカの「泳ぐ人」とハンガリーの「ハンニバル教授」であり、繙きたい本はキルケゴールだといったらおわかりいただける方も多いと思う。

私が大状況に無関心なわけでは決してないのだ。むしろ、常に大状況に対する関心を抱き続けている。

そのアンテナにひっかかってきたもののひとつに、『新日本文学』一九九三年秋号・特集〈狂気と沈黙〉があった。内容は女性文学論の特集で充実していたが、編集後記の二つのキー・ワードに心凍る思いがしたことを率直に記したい。十一月の次第に深く鬱へと傾斜しゆく当時の思いを、こっぽりと抱くように正確には記述しえないので、すぐれた伊藤比呂美論「たのしい子殺し」の筆者影山和子氏への長文の手紙の一部をあえて書き写す。

「怯え」とは何か。ごく大雑把に言えば、あちらこちらで聞こえる〈狂気〉ということばの中で、「我こそは狂者」と名乗り出でる「健常者」の言説の声高い波に、毎週精神病院に通い、半日たりとも向精神薬の服用を止めることのできない「精神病者」の「沈黙と狂気」は行き場がなくなって溺れ、あるいは窒息してしまう、そんな身近に寄せてくる波のような怯えです。私は薬を服用し続けて十年半になります。今年になって軽快の状態が続いてきましたが、十一月になって起られない、外出できない、集中できないという状態が継続し始めました。格別悲観的に語ることはしたくないのですが、この怯えの実感だけはだれかに伝えておきたい。それは「健常者」が「狂気」を、あるいは「みずからの狂気」を語るとき、いつか都合が悪くなったとき、彼らはそれを捨てるのではないかということです。私たちは捨てることができませんし、それができたらどんなにすばらしいことかと希いつつ、生涯に亘る病いの予感の中でときとしては捲み、しばしば捨てばちにさえなるのです。「ある時期」の「テーマ」とか、「表現のエネルギー」などではありえない。このような「怯え」がどんなことばからサインを受けとるかといえば、編集後記の「その路線にかぎりなく近づけたい」とか、「本特集が女性文学論ブームの糸口になることを願ってやまない。」といったものです。この特集が、女性文学特集だということを無視しているつもりはまったくありませんが、右のようなことばに出会った瞬間の私の動きは「避ける」です。「路線」「ブーム」に権力意志を感じないとしたら鈍感だと思うし、「沈黙と狂気」（たとえ女性に限定されているとしても）についての特集がこのようなことばで語られる意図のもとになされたとしたら「さよなら」です。でもあわててつけ加えなければならないのは「せめて私の生きる場所を空けておいて下さい」です。

『新日本文学』がつねに第三世界なるもの、弱者、被差別者の側に立つ〈はず〉の雑誌だとうかつにも思いこんでいただけに、私の怯えには深いものがあった。

一九九三年の秋から冬へ、私はこの〈怯え〉を抱きつつ身動きならない鬱へと沈みこんでいった。

それでも、私の通うT大附属病院精神科病棟の、多様な価値観の爆ぜかえる祝祭の残り火が次第に死滅して冷え冷えとした管理化が着実に進行するなか、私は、患者有志・看護婦有志の発言に日々接しながら、誰にも加担しないことを最低綱領とした。日没の早い通院の日、本郷から志木への帰途は重苦しく、長く、それは海底五万哩であった。

私は、実現しなかったけれど自分なりの状況への発言を準備していた。午後遅く起き出してA五判のノートに二ページほど、欠かすことなく日々の感想を綴る日課だけは捨てなかった。メシ食って八時に寝る。

私はそのある部分を、できるだけ多くの人に読んでもらいたいと希っていた。実現の見通しは皆無だった。

この初夏、その日射にふさわしいひとりの看護婦が私を本誌へといざなった。

私は引用するのではなく、展開する。

「精神病」者は、たとえばバターのように柔らかい存在だ。内面のみのことではない。ナイフで一刺されればひとたまりもない。「狂暴」な「精神病」者が多いではないかという声が予想される。悪質な犯罪に占める「精神病」者の率が高いという統計をもち出す者がある。逆だという統計をもってきて反論するむきもあるが、私はおかしいと思う。私は統計というものは容易に信じたり援用したりしないほうがいいと思う。統計の数字という冷徹なようでいてルーズなものに「精神病」者の内面をすり合せて裁ち切るようなことはやめてほしい。現に暴力的な「精神病」者はいる。彼らはなぜ暴力的になるのか。傷つくことに敏感だからだ。時として過度に。彼の攻撃性は悲鳴なのだ。彼を閉じこめることは、彼に対するあからさまな先制攻撃、彼あるいは彼女を絶えまなく傷つけ続けることである。

多くの「精神病」者は実際に悲鳴を上げ、さらに圧倒的な多数は何の声も上げることのできぬままにじっと沈黙しているのである。ほんのひとにぎりの「狂暴」さをあげつらって私たちの内にある悲痛を見逃さないでほしい。私は「精神病」者の「野放し」を主張しているのかと問われればそうだと答える。「精神病」者にもっともっと接してほしい。私たちの傷つきやすさに、気短かに苛立たないでほしい。それをも敏感にうけとめるのが「精神病」者だ。どこでも「ふつうに」交際し合えるというだけで「精神病」といわれる者が何割という単位で減少すると思う。いや、これは微妙に違っているかもしれない。

病んでいるというそのことを、隠さずに人と交わりたい。それが至るところで可能であるとき彼(私)は癒えることが手に届くところにあると感じられるだろう。そこでは、過度になった悲痛は宥められ、その表現としての暴力も激減するだろうと私は確信する。閉鎖から解放へ。病院から地域へ。地域であっても一Kの小部屋で息をひそめていることから、近隣との親しい交わりへ。閉じこもっている「精神病」者も、自分を理解してくれていると信じられる人々の間では奔放なまでに多様な自己表現を示すものである。そうでないと思ったとき、凍ったバターのようにカチカチに自己に閉じこもる。

「身体障害者はいいよなあ。街でもみんなが心をつかってくれるから。おれたち精神障害者はそうはいかない」という私の友人のつぶやきと、「心身障害者っていうけど私は身体障害者です。心に障害はありません」と言ったある作家のことばとの差違に、私はじっくりと理解の努力を継続していく必要を感じている。ともに、自身の立場に誠実で、なおかつ手いっぱいなので、むしろそのしっかりした土台から相互に理解していけると思う。病む者への処遇は、その社会の人間的成熟を示すバロメーターである。

私にとって地域とは、まず私の住む十階建一〇六戸の勤労者住宅である。住んで十六年余、サラリーマン生活が長かったせいもあって、数人しか知人がいない。妻は根づいて、ネットワークをしっかりと形成している。私の病いとそれにまつわる言動は、このネットワークに柔かく吸収されていると私は感じている。

実際、厳しい近隣の声が私のもとに届いたことは一度もない。躁の上に酒を積み重ねて、三時に帰って月に吠える日々は数知れずあったのに。

そして、酒を断った今も通う居酒屋。私は最初から病気を明かにしていた。友人は「きょうは龍岡門かい」という。おかみは「ここはT大病院の分院よ」という。たしかに、多くの酔客はボーダーライン上にいる。

私は年間を通じてのフルタイムの勤務が不可能だと二年前に見切をつけたので、障害年金を申請しようとした。しかし、妻は猛然と反対した。これに替る経済的基盤はみあたらないにもかかわらず。妻は虚空を恃(たの)むもののごとくである。ここにおいて彼女は見事に狂人である。我が家は金箔つきの気狂いと、モグリではあるが見事に真正のキチガイと龍虎相打つ修羅の場でもあろうか。三人の子供たちは、それはすくすくと〈狂〉の世界に育っている。

私はたしかに激しく愛されている。決して優しくはなく。歴史家羽仁五郎は言った。「愛の反対は無関心である」と。

地域と病院と、そして所属する同人雑誌を含めた友人関係が私の人まじわりの中心となっているが、私は常に、ふる星のような情愛を感じとらないわけにはいかない。その上で、私の個を矯(た)めるような〈関係〉を私は遠ざけてきた。〈わがまま〉〈自分中心〉〈甘え〉さまざまな批判を甘受してきたし、「自分を改善」することなど考えていないのだ。私にとっては〈関係〉よりも自己の魂のほうが大切なのだ。そして、その魂に歪みがあることは否めない。私は医者、ワーカー、看護婦などの医療従事者との熱い信頼関係に恵まれてきた。自分が通院する病院の体制が大きく変ったからといって、信頼が幻想でしかなかったというふうに崩れ去るとは考えていない。

「精神病」者は〈個〉の矜持が人一倍に強い。劣等感の裏返しなどというのは皮相な判断で、魂の欠落を痛いほどに感じ、十全でないという思いがいっそう自己の魂への愛をきびしくも深いものにしているのである。他者との比較はそのあとに来る。

ごく他愛もないことしかしゃべらない患者が、ある夜、命の古井戸からの声のように、みずからの魂と命を語るだろう。

看護婦をはじめ、精神科医療従事者に訴えたい。何より自立した個でありたいのに、常に助けを必要とする精神病者の矜持の憂いに共振し、いま、ここで、せめてはふるえよと。

うしろ書き――「妹（いも）の力」ふたたび

初めて赤ペンを執ったのは一九七一年のことだ。『新日本文学』編輯部の鈴木和子に校正を手伝えといわれ、北区のそれは小さな印刷所にいった。この社長と鈴木に校正の手ほどきをうけた。ほんとうはこうせいよりせいこうを教えてもらいたいという声がわんわん鳴っていた。ぼくは二十歳だった。昼休みのせっぱつまったときに、あえて望んで活字の組み方をおそわった。鉛の活字棒は八センチほどの長さだ。組んで、板を当て、麻ひもでしばる。これがゲラ（ギャレイ）。だから社長は「これで刷った校正刷はゲラ刷といいます」といわれた。

次が東洋大学図書館蔵書目録。ベテラン校正者村田光崇、荻原圭子、司書村田基宏と崎村俊夫、梅沢璋汎とでチームを組んだ。「木活字」を使ったのはあとにも先にもこのときり。現物を見ておけばよかった。

白川書院東京出版部では、視野の広い米沢慧のもと『小林勝作品集』全五巻、富士正晴戦後書評集成『書中の天地』、花柳芳兵衛（戦前戦中は桂小春団治）『鹿のかげ筆』を編集。生涯黒衣の出版労働者として死ぬ。

出版界の先達に仲佐武雄、川口澄子、祝部（ほうり）陸大、辰巳四郎、中川路子、木村繁、加田肇、関田善作、坂本一亀、井狩春男、角田年穂、渡部郁子、福本武久、瀧洋二。

師匠にめぐまれた。富士正晴、江川卓、市川哲夫、佐藤典子、飯沢匡、三木卓、中桐雅夫、菅原克巳、長谷川四郎、野間宏、中野重治、藤城繼夫、渡辺雅司、桑野隆、水野忠夫、品川力、梶井陟、長璋吉、琴秉洞、崔東碩、小山義昭、潮田五郎、飯田溝寿夫。

五人の女性詩人から得た生のそして性の、うるおい。後藤美智子『不忘花集――列島船記念』忘れません決して。川口澄子『待時間』あなたのほほえみを待つ時間です。山口静子『ファルス』『いろはにほへと』初心にかえったお静さんへのオマージュが遅れた。早川（小出）眞理『髪切虫』訳オシップ・マンデリシュターム『石』あなたは私の唯一の姉。安宅啓子『氷の城』死を求める長い長い私の旅路に／終りは　訪れるだろうか。

終生の妹どち　北村正子坂本あかね芦沢啓子若林慶子田川美紀子木村真知子米田啓子武川伸子石津実佐子小林小百合竹内尚代佐藤風美山本紀子浦松祥子原田芳子山岸邦子平川登

美子岩本典子遠藤雅子宮崎真理子栗原美代子松田美知子間部真先細野久仁子金澤美致代高橋恵子三谷直美徳沢晴美小出正子柴田裕巳青木洋子藤村優美野田由美別所和子舟橋由美子。

　精神科医療従事者　坂田三允、難波まき、佐々木由紀子、森山公夫、磯村大、富田三樹夫、石川憲彦、中島直、日下直子、平田輝子、黒須良枝、西崎麻子、山岡てる子、長谷川るみこ、桑野佐知、千里やよい、林千里、中山由美子、水村彌生。

「ユーザー」後藤美智子、杉原三千代、佐藤真理、片山和美、飯塚直子、高野妙子、桜木泉、森とみ子、藤原黎子、山本真理、土屋紀子、高谷博子、横川朝子。

　蒔田一郎、戸瀬和子、高林昭。きみたちとなら酒ヌキで二十四時間ディベートできる。かつて河瀬光とそうしたように。

　人生の大鏡、クリスチャン福田眞と鈴木和夫の強力なうしろ楯がなければ非力な唯物論者たる私の本は実現しなかった。

　貧を笑いとばしながら三十有余年、出版編集の業を孜孜としてけいぞくしてきた高二三にみとめられたのはしあわせである。小町雪絵は病を押して組版に尽力してくれた。本が出た。しかり、そはよし。みなさまに感謝。

二〇二一年九月一日

藤井 徹（ふじい・とおる）

一九五一年五月十八日、三重県宇治山田市（現・伊勢市）生れ。三重大学附属小中学校。三重県立津高校をへて都立広尾高校卒業。出版労働者となる。十年をかけて法政大学経済学部（夜間）を卒業。白川書院東京出版部、筑摩書房をへて各種アルバイトののち校正なんでも恒星舎を設立、同代表。事務所；〒178-0065 東京都練馬区西大泉1丁目27-18-105

幻想の女たちへ　　定価：本体価格 1,500 円＋税

2021 年 12 月 10 日　第 1 刷発行

著　者　©藤井　徹

発行者　高　二　三

発行所　有限会社 新幹社

〒101-0061 東京都千代田区神田三崎町 3-3-3 太陽ビル 301

電話：03(6256)9255　FAX：03(6256)9256

mail：info@shinkansha.com

装幀・白川公康

本文制作・閏月社／印刷・製本（株）ミツワ印刷